AF192207

Gabi Haug

Highlandsaga Teil 3

Highlanderinnen
zum Verlieben

Bibliografische Information der Deutschen Nationalbibliothek:
Die Deutsche Nationalbibliothek verzeichnet diese Publikation in
der Deutschen Nationalbibliografie; detaillierte bibliografische
Daten sind im Internet über http://dnb.dnb.de abrufbar.

Hinweis: Die Namen in dieser Geschichte sind frei erfunden
und entstammen meiner Fantasie. Ähnlichkeiten mit anderen
Geschichten sind rein zufällig und nicht beabsichtigt.

Herstellung und Verlag: BoD – Books on Demand, Norderstedt

ISBN: 978-3-7568-1574-6

Mein großer Dank geht an …

Ingrid für die geopferte Freizeit
als Korrekturleserinnen.

Ebenso geht ein solcher Dank
an meine liebe Lektorin,
für die wertvolle Unterstützung.

Freude am Schreiben

Liebe Leser ich mache Fehler, aber bitte verzeiht mir, denn ich leide an einer LRS / Lese- und Rechtschreibschwäche, möchte meinen Traum vom Schreiben trotzdem ausleben.

Ich danke hier an dieser Stelle den Menschen, die mir sagten: Legasthenie ist kein Hindernis. Nur Mut!

Prolog

Ayden MacDeven, der Sohn von Grace und Duran MacDeven war auf dem Heimweg von einem Besuch beim benachbarten Clan. Er hatte den Grenzwald fast durchquert, als aus heiterem Himmel ein schwerer Sturm, mit heftigen Böen losbrach und die nicht mehr so eng stehenden Bäume durchrüttelte. Ayden, biss die Zähne zusammen und zog die Kapuze seines Umhangs tief ins Gesicht. Es wurde immer dunkler. Er verlor den Weg und geriet plötzlich ins Unterholz. Fluchen half jetzt auch nichts. Ayden hörte ein dumpfes Knacken über sich, sein Pferd scheute, warf ihn ab, während die Krone eines Baumes brach, auf ihn stürzte und ihn unter sich begrub.

Ayden versuchte sich zu bewegen, doch er war unter dem Stamm eingeklemmt, auch wenn er das Gefühl hatte, dass er nicht arg verletzt sei. Doch selbst sollte es so sein, wäre das Schicksal ihm eben jetzt nicht sehr gnädig, sollte ihn niemand finden und aus der misslichen Lage befreien. Die Stunden krochen dahin, das Tosen und Brausen um ihn herum hatte aufgehört. Der erste Schock war vorbei und sein Bein schmerzte auf einmal höllisch.

Ayden wusste nicht, wie lange er da gelegen hatte. Unangenehm quoll Nässe von unten herauf durch seine Kleidung. Seine Glieder waren steif geworden und er fror erbärmlich. Jeder weitere Versuch sich aus seiner misslichen Lage zu befreien war ohne Erfolg geblieben und hatten ihn nur Kraft gekostet.

Ein leises Rascheln ließ ihn aufhorchen. Plötzlich sah er einen Schatten, der sich zwischen den Zweigen abzeichnete und sich auf ihn zu bewegte. Ein kalter Schauer erfasste ihn.

Es war nur ein Eichhörnchen. Es hatte sich kurz sehen lassen, dann war es wieder verschwunden.

Während er immer verzweifelter wurde und sich schier verloren glaubte, hörte er etwas, das ihn erneut aufhorchen ließ. Jemand rief »Vater?«

»Hilfe!«, stöhnte Ayden.

Ein Junge wandte suchend den Kopf umher.

Ayden war so müde und entkräftet, dass er glaubte, sich die Rufe eingebildet zu haben, als eine Kinderstimme ihn aus den Gedanken riss. »Alle Teufel, wie ist das denn passiert?« Entsetzen spiegelte sich in dem kindlichen Gesicht, als es ihn anblickte, während er seine Hand an Aydens Wange legte, die wie im Fieber glühte.

»Der Sturm! Ich bin eingeklemmt«, gab Ayden mit schwacher Stimme von sich. »Ich bin Ayden MacDeven«, kam es nur noch flüsternd aus Aydens Mund.

Der Junge warf einen forschenden Blick auf das Geäst und er versuchte den schweren Stamm anzuheben, doch er schaffte es nicht. »O weh!« Arran erkannte, dass er Hilfe brauchte. Alleine war er nicht in der Lage den Baumstamm zu bewegen. Er zögerte keinen Augenblick mehr. »Ich hole Hilfe«, sagte er und rannte los.

Adyen hatte nur ein Murmeln vernommen und bekam noch mit, dass der Junge sich entfernte. Für Ayden schien die Zeit erneut stehen zu bleiben und er dachte: *Wenn der Kleine keine Hilfe holt, dann bin ich verloren.*

Arran war so schnell gelaufen, wie er nur konnte. Er war völlig außer Atem, als er das Dorf unterhalb des Castles erreichte.

Davina, seine Schwester, die wie er, den Vater nach dem Gewitter gesucht hatte, kam gerade mit traurigem Gesicht aus der Schenke. Sie hatte den Vater gefunden. Er war so betrunken, dass er in der Schenke unter einem der Tische lag und schlief, während sie gedacht hatten, ihm wäre bei dem Sturm, der vor Stunden getobt hatte, etwas zugestoßen.

»Rege dich nicht auf, Arran, Vater ist hier!«, sagte Davina, als Arran sie erreichte. Sie hatte ihre kleine Schwester mit Hielfe eines Schultertuches im Hüftsitz sitzen.

»Davina, der Sohn unseres Laird liegt verletzt im Wald! Sein Fuß ist unter einem Stamm eingeklemmt. Ich konnte ihm nicht helfen und es steht nicht gut um ihn. Man muss ihm schnell helfen, er blutet am Bein und hat Fieber.«

Während er dies sagte, trat die Frau des Wirtes aus der Tür heraus.

Davina sah ihr an, dass sie alles mitbekommen hatte.

»Wir brauchen die Heilerin und jemand muss seine Familie verständigen.«

»Die Heilerin ist nicht da. Davina, du hast doch etwas Erfahrung mit Verletzungen. Lass deine Schwester bei mir und sieh was du tun kannst.« Dann drehte sie sich um. »Robi, lauf zum Schmied hinüber, Cailan wollte mit Irving zu ihm. Vielleicht sind sie noch dort, ansonsten musst du hinauf zum Castle um den Laird verständigen.«

Davina eilte durch den Wald zu der Stelle hin, die ihr Bruder ihr genannt hatte und kurz darauf folgten ihr einige Männer in heftiger Eile.

Ayden öffnete die Augen und sah, wie eine schattenhafte Gestalt mit sanften Augen, sich zu ihm herunter beugte.

Befremdlich und wunderbar erschien sie ihm. *Ist das eine Fee?*, fragte er sich. Er lächelte, doch mit jedem Atemzug der folgte, fühlte es sich an, als würde sein Körper brennen.

»Wo?«, rief eine Männerstimme.

»Lasst mich doch vor!«, erwiderte Arran hastig.

»Los schaffen wir den Ast weg!«, befahl Cailan.

»Hat er sich was gebrochen?«, fragte Irving.

Ayden erkannte die Stimme seines Bruders.

»Ich glaube nicht. Es ist eine Fleischwunde, sie blutet. Er hat viel Blut verloren, ist unterkühlt und hat Fieber«, vernahm er noch die liebliche Stimme. *Jetzt wird alles gut,* dachte er und verlor das Bewusstsein.

Davina versorgte Ayden so gut sie konnte, dann wurde er auf das Castle gebracht.

Es dauerte Wochen, bis Ayden sich von dem Unfall erholt hatte.

Natürlich hatte Laird MacDeven sich bei Hamish, dem Vater von Arran für die Rettung seines Sohnes erkenntlich gezeigt.

Doch was hatte Hamish getan? Er hatte die Münzen mit beiden Händen zusammengerafft, als der Laird weg war, sie vor den Kindern versteckt und letzten Endes vertrunken. Hamish hatte sich in der darauf folgenden Zeit noch weiter von den Clanleuten entfernt, sein Alkoholmissbrauch bestimmte den Familienalltag. Mal war er aggressiv, mal apathisch – er wurde immer unberechenbarer. Am Ende verbot er den Kindern sogar strikt ins Dorf zu gehen, was die gesamte Familie in noch größere Schwierigkeiten gebracht hatte. Nicht gegen dieses Verbot zu verstoßen, war sehr schwer gewesen. Doch die Kinder hatten das Gebot des Vaters befolgt, bis dieser auf tragische Weise ums Leben gekommen war. Doch selbst dann, war die Scham so groß gewesen, dass Davina und ihre Geschwister nicht um die Hilfe des Clans ersuchten.

Neue Aufgaben

Highlands anno 1305 ....

Nachdem die letzte von schottischen Rebellen gehaltene Burg Stirling Castle an England fiel, war der schottische Widerstand gebrochen. Der Großteil des Adels, darunter auch Robert Bruce, leistete König Edward I von England den Treueschwur. Die Unterhändler konnten sich auf eine Wiederherstellung der Rechte und Pflichten sowie den Besitzverhältnissen aus Zeiten König Alexanders III einigen. Nicht wenige Schotten waren an der neuen von England aufgestellten Regierung beteiligt, doch lag die wirkliche Macht über Schottland weiterhin in den Händen der Engländer, denn Edward behielt sich bei zukünftigen Gesetzesänderungen ein Mitspracherecht vor.

Der Freiheitskämpfer Sir William Wallace wurde von Sir John de Menteith verraten und im August 1305 in Robroyston bei Glasgow gefangen genommen, kurz darauf an ein Pferd gebunden und nach London verschleppt.

Am 23. August ließ Edward I. ein grausames Exempel an Wallace statuieren, er wurde wegen Hochverrats in London auf grauenvolle Art hingerichtet. Wallace wurde nackt an Pferdeschweifen 6 Meilen durch die Straßen Londons gezogen, danach in Smithfield Elms bis fast zum Tode gehängt, noch lebend wieder vom Strang geschnitten, gestreckt, kastriert und anschließend öffnete man seinen Bauch, um ihn auszuweiden. Seine Eingeweide wurden vor seinen Augen verbrannt, danach wurde er enthauptet und geviertelt. Seine Arme und Beine wurden als Abschreckung nach Newcastle, Berwick-upon-Tweed, Stirling und Perth geschickt und sein Kopf an der London Bridge aufgespießt. Der ›Schottenhammer‹ war für immer zum Schweigen gebracht und die Schotten nahmen den Engländern den Mord an William Wallace äußerst übel. Überall im Land regte sich Widerstand. Edwards Plan, die Schotten damit endgültig zu unterwerfen, ging nicht auf.

Der 21-jährige Ayden MacDeven befand sich auf seinem letzten Rundgang durch das Dorf unterhalb des elterlichen Castle, um sich von seinen Freunden zu verabschieden. Am darauffolgenden Tag würde er aufbrechen, um die Verantwortung als Laird über das Land seines verstorbenen Urgroßonkels Wallace zu übernehmen.

Ayden musste bei dem Gedanken an den Dahingeschiedenen, etwas kauzigen Verwandten, lächeln. Was hatte Wallace doch für Späße und Unfug mit ihm und seinen Geschwistern getrieben, als sie noch kleine Kinder waren. Alle vermissten den alten Highlander schmerzlich. Doch der junge Mann empfand nicht nur Trauer in seinem Herzen, sondern auch ein wenig Freude über die ihm bevorstehende Pflicht als Laird von Castle Crimor, denn er würde seine zwei Jahre jüngere Schwester Iona wiedersehen und dort um sich haben.

Iona hatte dem alten Laird in den vergangenen zwei Jahren stets zur Seite gestanden, ihn vor allem im letzten Halbjahr nach dem Verlust der Körper- und Sprachbeherrschung, verursacht durch einen Schlag*, aufopfernd bis zu seinem Tod gepflegt.

Iona hatte sich schon früh für die heilende Wirkung der Natur und der Heilpflanzen interessiert. Was andere als *Zauberzeug* verdammten, sah die gesamte Familie als ihre vom Herrn gegebene Gabe an und so unterstützten alle Iona, wann immer sie konnten.

Das Lächeln, das bei den Gedanken an seine Schwester über sein Gesicht huschte, verschwand und machte einem traurigen Ausdruck Platz, da ihm in den Sinn kam, dass er dafür seine Eltern und seinen fünf Jahre jüngeren Bruder Irving verlassen musste.

Ayden seufzte leise. Man konnte eben nicht alle, die man liebte, für immer um sich haben. Wie es seine Großeltern Lady Màiri und Laird Logan MacRaily nach der Beisetzung des Urgroßonkels geäußert hatten, war er mit einundzwanzig Jahren alt genug, um die Verantwortung für ein Castle und das Land des MacMorven-Clans zu übernehmen. Er war auch mit der Aufgabe nicht alleine, denn er konnte immerhin auf die Unterstützung der Großeltern, der Onkel, Tanten, Eltern, Geschwister und der Paten zurückgreifen, wenn dieses von Nöten war. Die Familie und Verwandtschaft war groß geworden, wenn man bedachte, dass diese bei ihrer Entstehung nur aus dem Urgroßonkel, der Großmutter und dem Großvater bestanden hatte, da alle anderen Vorfahren nicht mehr am Leben waren. Die Großeltern mütterlicherseits hatten zueinandergefunden, nachdem ihnen das Leben übel mitgespielt hatte.

Ayden hatte sich kurz zuvor schon von seinem Freund, dem Schmiedesohn Keith, verabschiedet. Keith hatte er angeboten - wenn er denn mochte - bei ihm Schmied auf Crimor Castle zu werden, da der alte Schmied im nächsten Jahr zu gehen gedachte. Der Mann hatte mit 52 Jahren nicht mehr die Kraft hart mit einem Hammer auf glühendes Eisen einzuschlagen, in den letzten Jahren auch keinen Gesellen für den Ruhestand ausgebildet, da sich kein geeigneter Anwärter gefunden hatte. »Die schwere körperliche Arbeit kann man nicht ewig ausüben!«, hatte er bei der Beerdigung von Wallace verlauten lassen. »Die Herrschaft sollte sich bald nach einem geeigneten Ersatz für mich umsehen.«

»Gib mir ein wenig Bedenkzeit«, hatte Keith gesagt, ihm jedoch bestätigt, dass ihn das Angebot sehr erfreute. Er müsse dies aber erst mit den Eltern und den jüngeren Brüdern bereden, da er als ältester Sohn eigentlich die Schmiede des Vaters in ein paar Jahren übernehmen sollte.

Natürlich hoffte Ayden, dass Keith zu ihm kommen würde, zumal dessen jüngere Brüder dann ebenfalls etwas davon hatten. So suchte Ayden nun nach seinem Freund Lennox, dem Zimmermann. Er nahm an, ihn in der Dorfkirche zu finden, denn Lennox hatte einen Auftrag seines Vaters zu Ausbesserungen am Kirchenbau angenommen und in den letzten Tagen dort immer wieder gearbeitet.

Bedrängnis einer Sünderin

Ayden öffnete das hölzerne Torgitter zum Vorgarten des schlichten Gotteshauses, betrat nach ein paar Schritten über den von farbenfrohen Herbstblumenbeeten gesäumten Weg den Kirchenbau, in der Hoffnung seinen Freund dort vorzufinden.

Kaum war er durch die Bogenleibung der Tür getreten, hob er erstaunt die Brauen, da er fordernd gesprochene Worte aus dem abgetrennten Seitenraum vernahm, der für die Beichte angedacht war. So blieb er stehen, um eine eventuelle Beichte nicht zu stören, und kam nicht umhin, schon bei den nächsten Worten, die ihm sehr seltsam vorkamen, genauer hinzuhören, wenngleich sich dies nicht gehörte.

»Du wirst tun, was ich sage, da dein Heil und das deiner Geschwister von deiner zu erbringenden Buße abhängt!«

»Aber Vater Murdo ...«

»Es gibt kein *Aber* für dich, elende Diebin!«

Murdo rieb sich innerlich die Hände, bald würde der Körper der jungfräulichen Sünderin ihm gehören. Um seine Sexualität auszuleben, hatte er schon früher sündhaften Mädchen erklärt, dass Unzucht mit ihm nichts zu bedeuten habe, sie aber durch seine Handlung an ihnen von ihren Sünden befreit würden. Er dachte an die erste Jungfrau, die seiner Neugier und Lust zum Opfer gefallen war. Ehe das dumme Ding seine Absicht ahnen konnte, hatte er die Klostermagd zur Vergebung einer Sünde nach der Beichte zur Absolution gefickt, während diese, vor ihm über dem Büßerbänkchen gelegen war. »Ich werde dich jetzt segnen und von deinen Sünden befreien«, hatte er ihr gesagt, während er den Widerstand ihrer Jungfernschaft überwunden hatte und mit seinem Glied in sündiger Lust in sie hinein gefahren war. Sie hatte zu jammern begonnen, während er ausgerufen hatte:»*Im Namen des Vaters, …und des Sohnes… und des Heiligen Geistes, …. Amen.*« Mit einem schwachen Grinsen musste er daran denken, dass die rothaarige Schönheit in ihrer Naivität seine Missbrauchshandlung als sakramentalen Akt betrachtet hatte. Es war ihm nach diesem ersten Mal ordentlich beklommen zu Mute gewesen. Er hatte ihr ermahnende Worte über das Wesen des Teufels und der Sünde zu dem sie ihn verleitet habe, mit auf den Weg gegeben. Sie war gesenkten Hauptes ihres Weges gegangen, hatte aus Scham gegen über der hochwürdigen Mutter Grenouilles und auch ihren Mitschwestern Stillschweigen bewahrt. Die Klostermagd war auch nicht die Einzige geblieben, seit er sein 16. Lebensjahr vollendet hatte. Auch die junge Frau vor ihm war ein solch naives Geschöpf. Es würde nicht mehr vieler Worte bedürfen, ihre Schamhaftigkeit zu besiegen. Ein Jahr der Enthaltsamkeit seit Antritt seines Amtes in diesem Dorf würden bald schon unabdingbar für ihn ausgelöscht sein, da war er sich absolut sicher. »Entweder deine Demut als Buße oder - ich übergebe dich der Rechtsprechung des Lairds«, drohte er mit Nachdruck in der Stimme. »Also, überlege besser! Außerdem: Deine von mir dir auferlegte Buße ist der Wille unseres Herrn! So musst du dir auch keine Sorgen um dein Seelenheil machen, denn damit wird dir vergeben. Oder muss ich dir erst erklären, wie die Strafe für dein Vergehen vom Laird geahndet werden wird, wenn er von deiner schändlichen Tat erfährt?«, bekräftigte er seine Forderung erneut.

Ohne noch ein Wort der angeblichen Sünderin abzuwarten, hielt der Priester der Person eine Bestrafung durch Ertränken, oder Versenken im Moor und somit einen erschreckenden Tod vor Augen. Ayden erkannte, dass diese grausamen Worte allein dem Priester dazu dienten, die sich mit ihm im Raum befindliche weibliche Person dazu zu bringen, sich ihm hinzugeben.

Die junge Frau riss entsetzt die Augen auf und zitterte vor Angst, was Ayden natürlich nicht sehen konnte, aber ihr Gegenüber.

»Gerechter Himmel!«, entfuhr es der erschrockenen weiblichen Stimme. »Wird ein Mensch denn zu einem so schrecklichen Verbrecher, nur weil er sich in seiner Not etwas von anderen nahm, um die, die man von Herzen liebt zu nähren, dass man ihn deswegen gleich so hart bestraft?«

»Vielleicht ist der Laird bei dir auch gnädiger und entscheidet sich für ein Strafmaß wie des Ausstechens der Augen oder des Abhackens einer oder beider Hände«, erwiderte der Geistliche auf diese ihm gestellte Frage hin.

Drohungen waren immer ein wirksames Mittel zur Abtötung der Scham. Der Priester erbebte in Erregung bei dem Gedanken, dass sie ihm bald willig sein würde. Er stellte sich vor, wie er sie hinter den Altar führte, ihr den Rock hochschob, wie er sich mit tiefen Stößen in dem hübschen jungen Körper der Sünderin Erleichterung verschaffen würde, denn noch nie hatte die junge Frau ihre Beine für einen Mann geöffnet. Er sah die Hingabe ihrer Jungfräulichkeit für sein Schweigen als ein heiliges Pfand der Sünderbuße. »Ich handle nach dem Willen des Herrn, denn er will, dass du Läuterung durch mich für dein Verbrechen erfährst«, beharrte er.

Ein schweigendes Kopfnicken der Eingeschüchterten war in der Kammer die Antwort, auf die Murdo gewartet hatte.

Auf Aydens Gesicht erschien ein Zug von Verachtung, denn seine Empörung, über das, was ihm da zu Ohren kam, war gerade unermesslich. Er, den so leicht nichts aus der Ruhe brachte, fühlte sich ernsthaft versucht, dem Priester den Garaus zu machen. Er durchquerte mit ausladenden Schritten das heilige Gebäude mit den Holzbänken und dem Altar. Trat ohne weiteres Zaudern in den Nebenraum ein und fuhr den Gottesmann, in einem höchst barschen, ungehaltenen Ton an: »Pater Murdo, was zur Hölle ist für eine Gottlosigkeit in Euch gefahren?«

Der Geistliche, der geglaubt hatte, es würde ihm nichts mehr in die Quere kommen, sah erschrocken zu ihm hin, um im nächsten Moment einige Schritte von der jungen Frau zurückzuweichen. Mit nach vorne gestreckten Händen in abwehrender Geste und den Worten: »Ihr habt da gewiss etwas missverstanden!«, versuchte er sich herauszureden, nachdem er sich vom ersten Schreck ein wenig erholt hatte.

Der Blick der jungen Frau irrte von dem Priester zu dem jungen Mann.

»Gewiss nicht!«, fuhr Ayden Pater Murdo mit angewiderter Miene an. »Ich habe jedes Eurer abscheulichen Worte mit angehört, Murdo. »Ihr werdet Eure Finger von ihr lassen«, seine Hand glitt dabei zum Knauf seiner Waffe, »oder ich werde alle, die ihr besitzt …« Ayden sah dabei auf den unteren Teil der Kutte des schlaksigen Kirchenmannes, bis er seine Rede mit den Worten drohend fortsetzte: »… persönlich mit meinem Schwert von Eurem Körper abtrennen!«

Nach einem kurzen nervösen Zucken seiner Gesichtsmuskeln schnaubte der Priester, sich die Drohung nicht gefallen lassend, in verhohlener Empörung: »Junger Herr, Ihr behandelt mich, einen Mann der Kirche, höchst respektlos. Ihr wagt es Euch mir in meiner Kapelle zu drohen? Glaubt Ihr etwa, dass ich mir so etwas gefallen lasse? So lasst Euch gewarnt sein, ein solches Benehmen, kann Folgen für Euch hab …«

Die leicht gewölbte Decke gab seinen Worten einen Widerhall, als Ayden den Pater schroff unterbrach: »Eure Kapelle?«, dabei lachte er verhalten auf. »Da irrt ihr aber gewaltig, denn mein Vater hat sie erbauen lassen, als die Kapelle im Castle oben für unsere Clanleute zu klein geworden ist. Und Ihr verdient mir noch um einiges mehr als die Respektlosigkeit meiner Worte! Aber vielleicht sollte ich Euch zuerst selbst einmal über die Rechtsprechung unseres Lairds belehren, Priester! Als dessen Sohn kenne ich seine Entscheidungen im Falle eines Nötigungsversuches durch Erpressung wesentlich besser als Ihr. Ich denke vor allem, gerade Ihr solltet das Herz dieser Sünderin«, er sah die junge Frau kurz an und verbesserte sich, »so denn sie eine ist, nicht in Angst und Schrecken versetzen. Darüber hinaus Euer Amt nicht für Dinge missbrauchen, die Euch als Kirchenmann durch das Sakrament der Priesterweihe, nicht einmal mit willigen Huren gestattet ist. Ihr fordert unter dem Deckmantel der Frömmigkeit Abscheuliches! Benutzt Ihr doch, wie ich verstanden habe, die Buße als Werkzeug für Euer frevelhaftes Verlangen Unzucht zu treiben. Ihr seid hier der größte Sünder und ein ausgesprochener Widerling! Was glaubt Ihr eigentlich, was mein Herr Vater Euch für eine Bestrafung angedeihen lässt, wenn er von Eurer Gottlosigkeit und Verderbtheit erfährt? Und glaubt mir, er wird dies gewiss! Ich kann Euch versichern: In einem solchen Fall kennt er keine Gnade und ich auch nicht! Ihr sprecht angeblich von Gott. Ich jedoch bin mir sicher, dass es die Versuchungen dunkler Mächte sind, die Euch auf die Idee einer solchen perfiden Bußforderung brachte!«

Das verschreckte Mädchen hatte sich ein wenig erholt, als es bemerkte, dass der Zorn des jungen Mannes nicht ihr, sondern allein dem Pater galt. Sie hatte ebenso bemerkt, dass der Gottesmann schlagartig erbleichte und mit allen möglichen Ausflüchten und Beteuerungen - der junge Herr habe da etwas missverstanden – versuchte, sich aus der Misere zu retten. Sie bekam jedoch sogleich erneut Angst, als sie begriff, dass der Priester etwas von ihr gefordert hatte, was nicht Recht war und vor allem, dass der Sohn des Lairds nun ebenfalls von ihrer Tat wusste.

»Was beabsichtigt Ihr zu tun?«, fragte der Priester herausfordernd.

»Das werdet Ihr sehr bald erfahren!«, knurrte Ayden.

Wie tapfer er ist und gleichzeitig ist es so töricht, einen Mann der Kirche gegen sich einzunehmen, dachte Davina bei sich.

Ayden nahm die junge Frau einfach bei der Hand. »Komm mit, Mädchen!«

Er führte sie aus der Kirche.

»Was Ihr für mich getan habt, war sehr freundlich und ritterlich, Sir«, sagte sie schüchtern, als sie sich kurz darauf auf der Dorfstraße befanden. »Doch ich habe gefehlt! Wer festen Glaubens ist, muss alle Kümmernisse und Bußen für seine Vergehen auf sich nehmen, denn sie kommen von Gott. Auch wenn eine Buße uns ängstigen sollte, wir müssen sie ertragen, damit uns verziehen wird.«

Ayden sah sie wie vom Donner gerührt an, weil er nicht zu glauben vermochte, was sie gerade von sich gegeben hatte. Einen Moment lang fragte er sich, ob sie vielleicht einen geistigen Schaden hatte oder ob sie diesen Unsinn vor sich herplapperte, weil sie einen Schock davongetragen hatte.

Als er sie forschend ansah, bemerkte er, dass sie wohl doch schon im heiratsfähigen Alter sein musste. Ihre geringe Größe - sie reichte ihm gerade einmal bis an die Schulter und ihre dünne Statur hatten es auf ihn wirken lassen, als sei sie nicht älter als vierzehn Jahre. Im Sonnenschein und da er sich ein wenig von seinem Ärger über den unverfrorenen Priester erholt hatte, erkannte er, dass sie eine höchst liebreizende Erscheinung mit hellbraunem Haar, einem sehr hübschen Gesicht und saphirblauen Augen war. Er starrte die zierliche Frau vor sich gerade regelrecht an. *Bei allen Heiligen, sie ist atemberaubend schön.* Er fragte sich, ob sie wirklich eine Frau und nicht ein höheres Wesen war. Auf einmal öffnete sich in seinem Hinterkopf eine Erinnerung, wie der Deckel einer Truhe, aus der man etwas fast Vergessenes herauskramte. Diese saphirblauen Augen, er kannte sie. Es dauerte eine Weile, bis er seine Sprache wiederfand. »Ich glaube, du solltest die Möglichkeit in Betracht ziehen, dass dieser Gottesmann kein so guter und selbstloser Mensch ist, wie du denkst. Dir müsste doch bewusst sein, dass der Herr etwas nie als Buße einfordern würde, was gegen die hohe Moralität der Kirche verstoßen würde. Ich bin wirklich erleichtert, dass ich mitbekommen habe, was Pater Murdo zu dir sagte, denn ich denke, du hättest ihn letzten Endes in der Überzeugung gewähren lassen, um dir damit dein Seelenheil und Vergebung zu erkaufen. Ich könnte niemals einfach die Augen verschließen, wenn ein Mann die Keuschheit einer Frau auf eine solch verwerfliche Weise zu nehmen gedenkt! Unzucht ist ein Vergehen. Priester wurden aufgrund eines solchen Vergehens auch aus dem Priesterstand entlassen.« Er sah ihr tief in die Augen. »Gestehe mir alles ein, was du angestellt hast, dass er deine Hingabe als Buße überhaupt fordern konnte.«

Sie sah ihn mit großen erschrockenen Augen an und erblasste erneut.

»Ganz ruhig, meine Schöne.« Ayden legte ihr beruhigend die Hand auf den Arm. »Das Schicksal hat mich offensichtlich berufen und der Herr mir den Weg gewiesen, damit ich ein Unrecht zu verhindern vermochte. Wenn du mir jetzt nicht sagst, was du ausgefressen hast, dann kann ich dir kein weiteres Mal helfen«, erklärte er milde. »Da er dich erpressen konnte, hast du gewiss schon etwas Unrechtes getan! Also?«

Sie senkte den Blick und sah verlegen auf ihre abgetragenen Schuhe.

»Sieh mich an und rede!«, forderte er in ruhigem Tonfall.

Sie weigerte sich, ihn anzusehen. Dann hörte er sie seufzen: »Nun gut! Sir, ich verabscheue meine Tat selbst. Aber was sollte ich denn machen? Ich habe Essen von der Müllerin gestohlen, da meine Geschwister und ich nichts mehr hatten, nachdem unser Vater sich im betrunkenen Zustand das Genick gebrochen hat, als er vor zwei Monaten auf dem Nachhauseweg von einem Zechgelage in die Schlucht hinter dem Wald stürzte.«

Ayden sah wie die junge Frau mit den Tränen rang, bevor sie fortfuhr: »Auch davor hat es uns oftmals schon an Essen gemangelt.«

Ayden hatte von dem Unfall gehört, fragte aber dennoch: »Hamish war dein Vater? Du bist also Davina, die große Schwester von Arran?«

Nun, da er wusste, wer sie war, kam Ayden die Erinnerung umso stärker an seinen Unfall von vor zwei

Jahren, seine Rettung, aber vor allem an seine Retter zurück. Davina war die Lichtgestalt von damals, die er nach seiner Genesung für eine Illusion gehalten hatte.

Davina nickte bestätigend und erklärte:»Vater hat viel getrunken. Als er so elend starb, da war nichts mehr da, was ich hätte verkaufen können und das Wenige, was wir vor der Kate angebaut hatten, das war aufgebraucht. Von einer Hand voll Brombeeren und etwas Waldsauerklee wird man nicht satt.«

Ayden wusste sehr wohl, dass es zur Überlebensstrategie der ärmeren Clanleute gehörte alles, was die Speisekammer Wald zu bieten hatte und essbar war, zu ernten. Anfang September waren bereits Hagebutten - die Samenhülsen von Rosenpflanzen in den Hecken, Schwarz - und Weißdorn und wilde Beeren wie Himbeeren, Erdbeeren oder auch Schlehen gesammelt worden. Buchen produzierten nur alle 4-5 Jahre größere Mengen von Eckern, doch in diesem Jahr waren es wenige und Eichhörnchen, Dachse und Vögel hatten sich die meisten bereits zum Überwintern geholt. Aus Bucheckern ließ sich so einiges herstellen, doch sie waren eben knapp. Auch gab es in diesem Jahr weniger Nüsse und Kastanien als im Vorjahr.

»Machte sich denn niemand die Mühe, sich um deine Geschwister und um dich zu kümmern?«

»Für uns interessiert sich schon lange keiner mehr«, erklärte sie traurig. »Vater war ein schwieriger Mensch und hat jeden, der uns nach dem Tod der Mutter überhaupt noch helfen wollte, mit seinem Verhalten verprellt.« Tränen stiegen ihr in die Augen und einige kullerten nun über ihre Wange. »Gütiger Himmel, unsere Mutter würde sich im Grab umdrehen, wenn sie wüsste, was nach ihrem Tod alles geschehen ist und auch wenn sie über die Schande wüsste, dass ich gestohlen habe!«

Ihre Worte machten ihn traurig und alarmierten ihn gleichsam. Er fragte sie, wie alt ihre Geschwister denn jetzt seien, da er wusste, dass sie wesentlich jünger waren als Davina.

»Arran ist neun Jahre alt. Unsere kleine Schwester Caitriona, bei deren Geburt unsere Mutter gestorben ist, ist vor zwei Tagen vier Jahre alt geworden. Das war auch der Tag, an dem ich Essen gestohlen habe. Es war ein Brotlaib und ein Kuchen, die zum Abkühlen auf einer Fensterbank standen. Dabei hat mich der Pater wohl gesehen und deshalb heute zur Rede gestellt.«

»Ich verstehe! Wem hast du die Sachen gestohlen?«

Sie druckste ein wenig herum, bis sie reumütig dreinblickend sagte: »Kendra, der Müllerin.«

Sie beobachtete, wie er das Gesicht verzog und seine Augen ein wenig belustigt zu leuchten begannen.

Ayden dachte gerade an etwas, das ihm Lennox erzählt hatte. »So eine Gemeinheit«, hatte sein Freund am gestrigen Tag gesagt. »Nach dem Verschwinden von Brot und Kuchen hatte Kendra sich einen Plan erdacht, um den Dieb zu überführen. Sie hat noch einen Kuchen gebacken und ihn mit Senf gefüllt. Als Rory von der Arbeit kam, da konnte er die Finger nicht vom Kuchen lassen, der auf der Fensterbank stand. Du kannst dir wohl vorstellen, was dann passiert ist.« Ayden hatte sich das Gesicht des Müllers bildlich vorstellen können, nachdem Rory in den mit Senf gefüllten Kuchen hineingebissen hatte. Jetzt musste Ayden auch noch leise kichern.

Davinas Augen weiteten sich verwundert über seine Reaktion, daher erklärte er ihr: »Dein stibitzter Kuchen hatte für den Müller unangenehme Folgen. Kendra hat einen Neuen gebacken, in der Hoffnung den Dieb zu überführen ihn mit Senf gefüllt. Als Rory kam, da hat er sich mit Heißhunger über den Senfkuchen hergemacht.«

»Oh je.«

»Wie alt bist du eigentlich, Davina?«, wechselte er das Thema.

»Siebzehn Winter.«

Ayden überlegte, ob er sie zu den Geschwistern bringen oder besser gleich mit ihr zu seinem Vater gehen sollte. Er entschied sich zu Letzterem, da sie vor allem mit ihren Geschwistern Hilfe brauchte. Er sah sich ihnen gegenüber schon wegen der damaligen Rettung durch ihren Bruder in der Pflicht.

»Ich nehme dich mit ins Castle hinauf, dort sprechen wir über die Vorfälle mit meinem Vater.«

Davina erstarrte einen Augenblick lang, bis sie ängstlich fragte: »Ihr wollt mich dem Laird also zur Abstrafung übergeben?«

»Davina, mein Vater muss natürlich auch von deiner Tat wissen. Doch glaube mir, er wird verstehen, warum du es getan hast. Du wolltest dich nicht bereichern, sondern den Hunger deiner kleinen Geschwister und den deinen stillen. Er muss vor allem aber von der Arglistigkeit des Priesters erfahren«, erklärte er ihr.

»Ich hege großen Zweifel daran, dass der Laird für meinen Diebstahl Verständnis haben wird, zumal dadurch noch weiterer Schaden entstanden ist!«, äußerte sie ihre Bedenken.

Der Gedanke an Flucht kam in ihr auf. *Sollte ich nicht besser wegrennen?* Doch da hörte sie ihn sagen: »Es sieht wohl ganz danach aus, als müsste ich dir den Beweis liefern, dass mein Vater ein sehr verständnisvoller Mann ist!«

Sie sah ihn mit misstrauischem Blick an und schüttelte ungläubig den Kopf. »Er wird mich bestrafen, wenn Ihr mich dort hinaufbringt, so wie der Pater mir schon gesagt hat. Der Laird wird mich ertränken oder im Moor mit einem Stein um den Hals versenken lassen. Oh' Gott, was wird dann aus meinen armen Geschwistern werden?«

»Um Gottes Willen, Mädchen, was denkst du nur! Ich bezweifle nicht, dass mein Vater dir vielleicht eine Wiedergutmachungsstrafe auferlegt, aber gar den Tod dafür niemals!«

»Abgehackte Hände oder ausgestochene Augen sind genauso schlimm!«, brach es aus ihr hervor.

Sie geriet in Panik und wollte davonlaufen.

Ayden griff schnell nach ihrem Handgelenk, da er ihre Absicht erkannte. »Tu das jetzt besser nicht!«, warnte er sie, in einem solch strengen Ton in der Stimme, dass sie zusammenzuckte.

Ayden fühlte, wie sie zitterte und als er sah, dass ihre schönen Augen erneut feucht wurden, da wusste er, dass sie auch vor ihm Angst hatte. Es reute ihn, dass er sie so ange-fahren hatte, aber er hatte nicht viel Zeit und wollte diese Angelegenheit vor seiner Abreise geklärt wissen. »Ich kann nicht riskieren, dass du davonläufst. Es ist zu deinem Schutz, denn wenn du dem Pater jetzt noch einmal in die Finger fällst, wer kann wissen, was er dann tut. Du kommst jetzt mit mir!«, gebot er ihr, da er erneuten Widerstand von ihr spürte.

Begegnung mit dem Laird

Ein leichter Aufstieg führte sie vom Dorf aus, immer höher, den Weg zu dem zwischen den Felsen liegenden Castle hinauf.

Ayden führte Davina am Oberarm haltend durch das Torhaus in den äußeren Burghof hinein.

»Könnt Ihr mir … verraten, warum Ihr … mich denn so zerrt?«, schimpfte sie atemlos. »Lasst mich doch erst einmal Luft schnappen.«

Ayden blieb kurz stehen und warf ihr einen ungeduldigen Seitenblick zu. »Du bekommst Zeit auszuruhen, wenn alles geklärt ist. Können wir nun weitergehen?«

Ihr war so bang ums Herz! Sie sah sich um, spähte kurz über die Schulter nach hinten zum Tor, als suchte sie nach einem Fluchtweg. Sie zögerte einen Moment, dann nickte sie.

Unter den etwas verwunderten Blicken der Wachen setzte er mit ihr den Weg durch das nächste Tor fort, hinein in den Innenhof und Richtung Wohnturm.

Hier im Kern des Castle war sie noch nie gewesen. Nun würde sie zum ersten Mal das Innere des Turmbaus, mit seinen Räumen, der Küche und vielleicht auch die repräsentative Halle sehen, von der sie nur ohrensagend gehört hatte. Davina hatte es sich immer gewünscht, einmal hier sein zu dürfen, geladen zu einem Fest, doch gerade war sie nicht sonderlich glücklich darüber.

Ein Krieger kam ihnen entgegengeeilt. Dieser nickte Ayden zu und sah sie mit seinen grauen Augen abschätzend an. »Ayden, es ist alles bereit für übermorgen. Es müssen nur noch ein paar Truhen am Morgen unseres Aufbruchs verstaut werden.«

»Danke Cailan! Sag, weißt du, wo mein Vater sich gerade befindet?«

»Der Laird ist in seinem Arbeitszimmer.«

Cailan sah erneut zu Davina hin, die Ayden immer noch am Oberarm festhielt. »Gibt es ein Problem?«, erkundigte er sich.

»Könnte man sagen, Cailan. Unser Dorfpriester hat versucht die Verzweiflung von Davina hier, für sich schamlos auszunutzen, da sie etwas auf dem Kerbholz hat. Ich geh mit ihr zu meinem Vater und kläre es persönlich mit ihm.«

Cailan verstand wohl die unausgesprochene Anspielung, denn er fragte mit Fassungslosigkeit in der Stimme: »Willst du damit andeuten, der Priester wollte Unsittliches von ihr erzwingen?«

»Ich wurde selbst zum Ohrenzeugen seiner unverschämten Forderung!«

»Bis jetzt war es nur ein Gerücht, das ich gehört habe. Dann ist vielleicht doch etwas dran, als man erzählte, er soll sich an einer Magd vergangen haben. Das wird unserem Laird wahrlich nicht gefallen!«

Als Davina kurz darauf, mit vor Angst bis zum Hals pochendem Herzen ihrem Laird in dessen Arbeitszimmer gegenüber stand, während Ayden seinem Vater vom Geschehen in der Dorfkapelle berichtete, war ihr nicht gerade wohl. Besorgt fragte sie sich, was geschehen würde, denn bei jedem Wort, dass der Lairdsohn sprach, spiegelte sich im Gesicht ihres Lairds mehr als Missbilligung wider.

»Dieser Pfaffe tut Dinge, die nicht mit seiner Berufung im Einklang stehen. Ich bin überzeugt, nicht die, wie er oftmals in seiner Predigt behauptet, sind die schlimmsten Sünder, sondern er selbst. Man konnte es ihm nur bis heute nicht beweisen. Es erforderte tatsächlich meine größte Selbstbeherrschung, diesen Priester nicht eigenhändig zu züchtigen, Vater!«

Davina hatte Sorge um ihr Wohl, denn der Laird musterte sie ausgiebig und lange, als der Sohn mit seinem Bericht geendet hatte.

»Du wirkst mir sehr angespannt!«, stellte er fest. »Davina, ich muss vor allem von dir wissen, was sich zugetragen hat, bevor mein Sohn in die Kapelle kam.«

Davina berichtete, was in der Kapelle vorgefallen war und auch mit großer Verlegenheit, was sie selbst getan hatte, dass sie einen Diebstahl begangen hatte.

Mit einer starken Furche, die auf seiner Stirn erschienen war, schüttelte Duran fassungslos den Kopf, bis er hervorstieß: »Dieser verdammte heillose Pfaffe!« Er schlug in seinem Ärger, mit seiner Hand auf die Tischplatte, dass es nur so krachte.

Davina zuckte erschrocken zusammen, bekam einen Mordsschreck durch den Ausbruch.

»Was erlaubt der sich gegenüber einem Mädchen unseres Clans?«, donnerte Duran.

Duran war im nächsten Augenblick vom Anblick Davinas schlagartig erbleichtem Gesicht so erschüttert, dass er sich in seinem Zorn zusammenriss und so ruhig wie ihm gerade möglich war, sagte: »Mädchen ängstige dich nicht, du hast von uns keine Körper- oder Zuchtstrafe zu befürchten. Hat er dir wehgetan?«

Sie schüttelte den Kopf.

Nun wirkte der Laird für Davina weniger bedrohlich, so dass ihre Angst einem Gefühl der Dankbarkeit gegenüber Ayden wich. Zumal ihr Laird zu seinem Sohn sagte:»Junge, die Angelegenheit mit diesem Pfaffen wird noch vor deiner Abreise ins Reine gebracht.«

Als Ayden Davina mit einem Blick bedachte, der zu sagen schien:»Na Mädchen, hatte ich nicht Recht?«, hatte er sich damit Zutritt in ihr verzweifeltes Herz verschafft. Nie zuvor in ihrem Leben hatte sie sich so sicher gefühlt, wie in diesem Moment. Nun wagte sie sich, sich schüchtern zu melden:»Laird, bitte, ich muss zu meinen Geschwistern, sie werden sich schon sehr wegen meines Ausbleibens sorgen.«

»Du bleibst hier bei uns, Mädchen! Wir haben die Pflicht, bei dem unendlichen Leid, das dir und deinen Geschwistern widerfahren ist und dass man dir zugefügt hat, uns um euch zu kümmern. Also sei barmherzig gegen dich selbst und zum Wohle deiner Geschwister und nimm die dir von uns gereichte Hand an.«

»Aber …«

»Nichts aber, Davina. Wir kümmern uns ab heute um dich und um deine Geschwister. Ayden, besorge ihr was zu essen, während ich mich mit deiner Mutter bespreche.«

»Nur zu gerne, Vater!«, erklärte Ayden. »Komm mit mir, Davina.«

»Aber meine Geschwister?«

»Meine Eltern werden sich darum kümmern, wie mein Vater dir schon sagte, und ich kümmere mich erst einmal um deinen hungrigen Magen und danach um einen Raum für euch.«

Duran war äußerst verärgert, denn er wusste nur zu gut, wie schnell man in seinem Leben - vor allem in Not - dazu neigen konnte Verbrechen zu begehen. Er stand mit hinter dem Rücken verschränkten Händen am Fenster seines Arbeitszimmers und sah hinaus, um zu überlegen, was er am besten tun sollte. Einen Priester zu hängen, weil er eine junge Frau genötigt hatte, der Gedanke ging wohl etwas zu weit, auch wenn er es am liebsten getan hätte. Er wollte in seinem Zorn auch besser nicht selbst ins Dorf reiten, denn er war sich nicht sicher, ob er dann seine Beherrschung aufrecht erhalten konnte. Er hatte Zweifel daran, dass er den Priester in diesem Fall nicht windelweich - wenn nicht sogar zu Tode prügeln würde. Es war somit am besten den Kirchenmann in seine Abtei zurückzuschicken und den obersten Abt über dessen abscheuliches Handeln zu informieren.

Grace war da ganz seiner Meinung und hielt es, nachdem sie sich ausgiebig über ihr Vorgehen beraten hatten, unter den gegebenen Umständen für das einzig Richtige. So ritt ein Trupp von drei Männern in Begleitung von Grace kurz darauf los, um Davinas Geschwister ins Castle zu holen. Einen weiteren Trupp schickten sie zu dem Priester ins Dorf, damit dieser noch am gleichen Tag seine Sachen zusammenpackte. Unter deren Eskorte brachte man ihn zurück in die Abtei, damit dieser dort von seinem Dienstherrn abgestraft werden konnte.

Davina folgte Ayden durch einen Korridor. Nach einigen Schritten befanden sie sich in der Küche.

Nach einer kleinen Mahlzeit bestehend aus Suppe und Brot mit Schafskäse, dass er mit ihr eingenommen hatte, war Lady Grace in die Küche gekommen und hatte ihr gesagt, dass sie losreiten und ihre Geschwister holen würde. Als Ayden sie über eine Wendeltreppe oben in den Wohnturm brachte, war sie vollkommen verwirrt. Sie verstand gar nicht mehr, was geschah, als er eine Tür öffnete und gebot ihr einzutreten, mit den Worten: »Ich hoffe du und deine Geschwister, ihr fühlt euch in diesem Raum wohl, sobald meine Mutter mit ihnen hier ist«.

Sie hatte, wenn überhaupt, mit einer Nische in der Halle, wo sie mit ihren Geschwistern auf einem Strohsack schlafen sollte, gerechnet. Der Raum war groß und dessen Wände waren mit schönen Teppichen bekleidet. Sie starrte mit verklärtem Blick die Bettstelle an, die nach allen Seiten hin mit einem Vorhang versehen war und auf deren Lager Kissen und eine prachtvolle Decke lag, als sei diese ein Wunder. Eine mit Schnitzereien verzierte Kommode stand am Fußende der Schlafstatt.

»Ein wunderbarer Traum«, sagte sie leise.

»Das ist kein Traum, du und deine Geschwister, ihr werdet hier schlafen.«

Röte der Verlegenheit ergoss sich über ihr Gesicht, als sie ungläubig hervorbrachte: »Ich soll wirklich mit meinen Geschwistern hier schlafen, wenn Eure Frau Mutter sie hergebracht hat?«

»Gewiss doch!«

»Wir haben in unserer Hütte eine Schlafnische mit Strohmatten und zwei alten Decken, in der wir gemeinsam schlafen. So einer glanzvollen Ausstattung sind wir nicht würdig.«

Nach einem Kopfschütteln grinste Ayden, was ihn in ihren Augen wie einen kleinen frechen Jungen wirken ließ, als er in schelmischem Ton äußerte:»Ich schlafe zwar auch gelegentlich auf dem Boden, doch ich bevorzuge im Castle eine Konstruktion mit einer deutlich über dem Boden befindlichen Liegefläche. Wenn es dir jedoch nicht zusagt als Nachtlager, dann lasse ich dir etwas Stroh heraufbringen, damit du auf dem Boden schlafen kannst.«

Sie öffnete den Mund, schloss ihn aber gleich wieder, schenkte ihm einen schiefen Blick und schüttelte den Kopf.

Er biss sich auf die Unterlippe, um nicht lauthals zu lachen.

»Danke«, flüsterte sie mit einem Lächeln voller Dankbarkeit.

»Aber nun entschuldige mich Davina, ruhe dich ein wenig aus, denn ich muss noch einiges erledigen.«

Zur selben Stunde hatte Grace mit ihren drei Männern die Kate auf der Waldlichtung erreicht, in der Davina mit ihren Geschwistern lebte.

Das Haus war von außen marode, die ärgsten Risse und Sprünge mit Lehm verschmiert und mit Stroh verstopft, die Holzläden und die Tür hingen schief in den Angeln.

Grace seufzte. Sie war beschämt. Warum hatten sie davon nichts gewusst? Kopfschüttelnd machte sie sich auf den Weg zur Tür, nachdem sie und die Männer von ihren Pferden abgesessen waren.

Grace wollte zuerst an die Tür klopfen, sah aber das diese einen Spalt offen stand. Sie hörte von drinnen leise

Stimmen. »Hab Antsg! Davina hag satg, sie kommg schnell wieder.«

»Es heist Angst, nicht Antsg und hat und gesagt. Du verwechselst immer noch g und t«, verbesserte eine Jungenstimme und sagte beruhigend: »Sie kommt gewiss bald!«

»Und wenn die bösen Feen sie migtenommen haben.«

»Es gibt keine bösen Feen.«

»Ach ja, wer hag Mama und Vager uns genommen?«

»Der Tod!«

»Was wenn der kommg oder Davina auch migtenommen hag?«

Grace öffnete langsam die Tür. Mit einem Blick erkannte sie, dass wenn die Hütte von außen auch verfallen wirkte, Davina mit den Kindern den Innenraum in guter Ordnung hielt. Der Boden der Stube war sauber gefegt, alles aufgeräumt, zwei Töpfe und eine Pfanne hingen reinlich gescheuert an Haken über der Feuerstelle in der Mitte des Raumes.

Zwei erschrockene, große Kinderaugen sahen sie aus einem Locken umrahmten Gesicht an. Dann folgte ein herzerweichender Entsetzensschrei.

Der Junge, der auf dem Lager vor dem Mädchen mit dem Rücken zu Tür saß, fuhr herum. Die Hand des Jungen griff nach einem am Boden liegenden Gegenstand.

Grace sah den Stock und begriff, der Junge wollte seine Schwester wohl gegen sie - dem Eindringling - in ihrem Zuhause, verteidigen. So erklärte sie, um die Kinder zu beruhigen: »Davina schickt mich! Arran ich soll dich und deine kleine Schwester Caitriona zu ihr bringen. Ich bin Grace, die Gemahlin eures Laird.«

Der Junge starrte sie misstrauisch an, den aufgehobenen Stock weiter in der Hand haltend. »Und wenn ich das nicht glaube!«

»Dann haben wir beide ein Problem«, sagte Grace sanft und lächelnd. »Denn dann müsste ich unverrichteter Dinge wieder gehen und deiner Schwester sagen, dass ihr neun Jahre alter Bruder und ihre kleine Schwester, die erst vor drei Tagen fünf Jahre alt geworden ist, sie zwar mutig verteidigt hat, aber mir nicht geglaubt hat, wer ich bin und dass ich euch zu Davina ins Castel bringen soll.«

Grace stand da und wartete, wie der Junge auf ihre Worte reagierte.

Da der vom Wuchs schmächtige Junge sich nicht rührte, wandte sie sich ruhig um. »Na dann gehe ich wieder! Davina wird heute Nacht im Castle bleiben, ihr geht es jedenfalls gut! Du, als Herr dieses Hauses, solltest über Nacht die Tür besser absperren, sonst kann ja jeder hier hereinkommen, so wie ich eben, da sie offen stand.«

»Ihr geht?«, fragte der Junge mit Verwunderung in der Stimme.

Grace drehte sich noch einmal um. »Was soll ich sonst tun?«

Der Junge krauste die Stirn und sie wusste, das ihre Strategie Erfolg gehabt hatte.

»Ihr könnt meine Schwester und mich doch über Nacht nicht alleine hier lassen.«

»Das wollten wir doch auch nicht, deshalb hat der Laird gesagt, dass ich euch holen soll. Ihr wollt nicht, also muss ich unverrichteter Dinge gehen.«

»Warum ist Davina im Castle?«

»Weil sie Ärger im Dorf hatte. Unser Sohn Ayden hat ihr jedoch gegen das Ungemach helfen können. Davina hat ihm erzählt, dass ihr hier ganz alleine auf der Lichtung lebt, nachdem euer Vater gestorben ist und dass ihr nichts mehr zu Essen habt. So hat mein Gemahl beschlossen, dass ihr fürs erste bei uns im Castle aufgenommen werden sollt, so bin ich mit drei unserer Männer losgeritten um euch zu holen.«

»Ich glaube wir kommen doch besser mit euch mit.«

»Gut, wenn ihr es möchtet. Wir warten draußen auf euch.«

Es dauerte nicht lange, da kam der Junge mit seiner Schwester an der Hand vor die Tür. In seinen Blick lag Argwohn, als er die Männer sah, dann ging er zu Grace.

Grace setzte das Mädchen, das ein Hemdchen von ungebleichtem Leinen und ein verwaschenes, blaues Röckchen an hatte, auf ihr Pferd.

Arran schrak heftig zusammen und stieß dabei einen überraschten Laut aus, als einer der Männer ihn packte und mit Schwung hinter sich, auf den Rücken seines Pferdes beförderte.

»Hab ich dich erschreckt, Junge? Tut mir leid. Sitzt du gut?«, fragte der Highländer mit dem vollbäckigen Gesicht über seine Schulter hinweg.

»Ich denke schon.«

»Gut festhalten an meinem Rücken, Bürschchen«, ordnete er an.

Am späten Nachmittag kehrte Grace mit den Männern und den Kindern ins Castle zurück.

Es klopfte ein paar Mal an der Tür. Davina schrak auf, sie war auf dem weichen Bett eingenickt. Da flog auch schon die Tür auf und ihre Geschwister standen im Raum.

Davinas Gesicht überzog sich mit einem Lächeln. Sie sprang auf und eilte durch den Raum. Jetzt fühlte sie sich beruhigt. »Ich bin so erleichtert, dass ihr da seid«, rief sie aus und schloss ihre Geschwister in eine warmherzige Umarmung.

Lady Grace kam gerade, im Schlepptau einiger Bediensteter herein, die einen Badezuber, Eimer mit Wasser, Tücher, Seife, Schwamm und Kleidung bei sich trugen.

»Genug geherzt, Kinder. Auf Euch wartet ein Bad und dann kurz vor Sonnenuntergang ein Abendessen.« Sie machte drei Schritte vorwärts und begann die Eimer den Mägden aus den Händen zu nehmen und in den im Zimmer abgestellten Zuber zu schütten.«

Andere Bedienstete legten die Sachen ab, drehten sich um und verließen den Raum.

»Willst du sie baden oder soll man dir dabei helfen, Davina?«

»Es ist nicht nötig, MyLady. Habt Dank!«, antwortete Davina.

»Beilt euch ein wenig, die Nachmittagsschatten machen schnell der Abenddämmerung Platz.« Lady Grace verließ nach diesen Worten den Raum mit den beiden letzten Mägden und verschloss die Tür hinter sich.

Davina machte sich, nachdem ihre beiden Geschwister gebadet waren und in die Kleidung gekleidet waren, die man ihr und den Kleinen hingelegt hatte, auf den Weg in die Halle, wie ihr von einer Magd angetragen worden war.

In der Vorhalle stand Ayden im Gespräch mit einem jüngeren Mann. Davina erkannte ihn, es war Aydens Bruder Irving, der Jüngste der Familie.

Irving schmunzelte, ehe er unbekümmert fortfuhr:»Sie ist eine Schönheit und es wäre dir gewiss schon früher aufgefallen, wenn du ab und an mal bei einem Dorffest gewesen wärest, oder findest du nicht?«

»Ja! Davina ist ein bezauberndes Wesen, kleiner Bruder.« Da bemerkte auch Ayden ihre Anwesenheit und das Gespräch zwischen den Brüdern verstummte.

»Guten Abend!«, sagte Davina.

»Ja, wir kennen uns«, sagte Davina. »Euch ebenfalls einen schönen Abend, Sir Irving.«

Irving ergriff sofort das Wort:»Du musst mich nicht immer Sir nennen Davina. Einfach nur Irving, denn das tun alle meine Freunde.«

Davina öffnete den Mund, um zu widersprechen, das sich dies nicht gehöre, doch Irving hob abwehrend die Hand. »Mach dich nicht lächerlich, du hast keine andere Wahl, denn ihr werdet ab nun hier mit uns unter einem Dach leben, wie mein Vater mir mitgeteilt hat.« Man konnte ihm die Heiterkeit über Davinas verwunderten Gesichtsausdruck ansehen.

»Wie Ihr…«, Davina zögerte, »wie du wünschst, Irving.«

»Schon besser! Dies gilt natürlich auch für euch zwei, wandte er sich an ihre Geschwister.« Er grinste kurz, wurde dann aber ernst. »Ich hatte heute nichts zu Mittag, also auf zur Tafel, Abendessen, Beeilung, wir sind so schon spät genug dran, ich sterbe sonst noch vor Hunger.«

Irving ging voran.

Ayden trat an Davina heran, legte ihr eine Hand auf die Schulter und flüsterte ihr ins Ohr: »Geht schon! Ihr sitzt bei uns an der Tafel.«

Davina folgte Irving mit den Geschwistern. Ihr Blick glitt durch die volle, hell beleuchtete Halle.

An der hohen Tafel blieb sie stehen und knickste.

»Kommt her und setzt euch,« gebot Duran, der ihre Unsicherheit bemerkt hatte.

»Du hast aber einen mächtigen Appetit für eine so kleine Lady«, zog Irving Caitriona auf, die neben ihm saß, nachdem sie die Schüssel Eintopf ratzeputz aufgegessen hatte.

Ihre Unterlippe zitterte, so verschämt war sie.

»Du lieber Himmel, es war doch nicht böse gemeint, Engelchen. Ich wollte dir doch kein schlechtes Gewissen machen und freu mich, dass du so gut und ordentlich gegessen hast«, sagte er beschwichtigend. »Wie kann ich das wieder gutmachen?« Er tippte sich mit dem Zeigefinger an die Lippe, so als müsse er überlegen, was Caitriona ein wenig zum Schmunzeln brachte. »Aye, ich weiß es, komm mit. Als kleinen Trost besorge ich dir einen Pudding, von unserer Köchin.«

»Was isg mig Arran?«

»Aye, er bekommt natürlich auch einen.« Er sah Arran an und bedeutete ihm mit einer Kopfbewegung, dass auch er mitkommen solle.

Als die beiden Kinder ihre Schwester fragend ansahen, nickte Davina zustimmend.

Duran erhob sich nach dem Mahl, denn gerade waren die Männer zurückgekehrt, die Murdo in die Abtei seines Ordens zurückgebracht hatten. Er gab seinen anderen Leuten ein Zeichen, dass sie die Halle verlassen sollten. Cailan, der den Trupp angeführt hatte, erstattete Duran Bericht. »Natürlich empörte sich der Abt darüber, was geschehen sei, als er deine Nachricht las, Laird. Das Schreiben, so sagte er, gäbe einen aufschlussreichen Blick auf den menschlichen Fehl Murdos, dessen Rückkehr ihn gerade vor ein Problem in seinem Abteiverband stelle. Wir sollten uns an dieser Stelle daher etwas gedulden, er schickt in nächster Zeit einen anderen Priester zu uns. Seine Hauptsorge, so schien es uns, war jedoch darauf ausgerichtet, Murdo durch lehrreiche Worte und ununterbrochenes Ermahnen – um es so auszudrücken – wieder auf den Pfad der Tugend bringen zu wollen, denn er entließ uns und zog sich mit einigen Mönchen zur Beratung zurück. Wir sind somit nicht im Bilde, was mit Murdo geschehen wird.«

Ayden knurrte: »Was hätten wir auch erwarten können, eine Krähe hackt der anderen eben kein Auge aus. Ich hoffe nur, der Abt lässt ihn nicht wieder aus der Abtei und behält ihn unter seiner Aufsicht.«

Als Davina später nach einer Geschichte, die Ayden den Kindern am Kamin der Halle erzählt hatte, mit ihren Geschwistern im Bett lag, fragte ihr kleiner Bruder sie, was denn in den Kissen und Decken sei, denn sie seien so weich wie er sich die Schafwolken am Himmel vorstellte.

Davina erklärte den Kindern, es seien Daunen*. Doch in solchen zu schlafen sei eine Ausnahme.

Arran hob die Schultern, als wolle er andeuten, das ihm dies ganz gleichgültig war, schmiegte dann aber seine Wange gegen das weiche Kissen. Es dauerte nicht lange, dann schlief er ebenso tief und fest wie Caitriona.

Davina sah in die Gesichter ihrer selig schlafenden Geschwister und hing noch eine Weile ihren Gedanken nach. Sie konnte es nicht glauben, wie sehr sich ihr Schicksal durch die unerwarteten Ereignisse Besseren hin verändert hatten. Ihre größten Ängste hatten sich, durch Aydens Eingreifen verflüchtigt. Ihre Geschwister und sie waren nicht mehr auf sich alleine gestellt und in Sicherheit.

Entscheidung

Ayden hatte kurz nach Davina, ihren Geschwistern und seinem Bruder die Halle verlassen, um sein Lager für die Nacht aufzusuchen. Er fand dort jedoch keine Ruhe. Da schoss ihm ein Gedanke durch den Kopf: *Eine Möglichkeit die Davina und ihre Geschwister betraf, hatte er noch nicht bedacht.* So machte er sich am späten Abend noch einmal zum Arbeitszimmer seines Vaters auf und erklärte seinen Eltern kurzerhand, er habe sich Gedanken über die Geschwister gemacht. Er sei dabei zu dem Entschluss gekommen, sie mit sich nehmen zu wollen.

Grace hatte Duran angesehen, verschwörerisch gelächelt. »Mein Vater hat seine Kraft noch nicht verloren, er hat es kommen sehen! Mein Sohn, ich denke, du solltest das Mädchen aber erst einmal fragen, ob es seinen Clan überhaupt verlassen will, nachdem ihre Eltern hier begraben liegen. So geh', sollte sie noch wach sein, dann rede mit ihr.«

Eiligst stieg Ayden, mit großen Schritten, immer zwei Stufen auf einmal nehmend, die Treppe des Wohnturms hinauf.

Die junge Frau wusste gar nicht, wie ihr geschah, als Ayden ohne Anklopfen zu später Stunde regelrecht in das Gästegemach stürmte.

»Mein Seel, was ist geschehen«, keuchte sie und blickte ihn verwirrt an.

Ayden verlor keine Zeit, ihr die Frage zu stellen, ob sie mit nach Crimor Castle gehen wolle.

»Schscht. Nicht so laut! Ihr weckt mir noch die Kleinen auf.«

Er wiederholte flüsternd seine Frage: »Es tut mir leid! Könntest du vielleicht, ich meine … wir draußen darüber reden?«

Sie nickte im bejahend zu und flüsterte ebenfalls: »Ich komme gleich.«

Davina verließ die Bettstatt, warf sich eine Decke über die Schultern und folgte ihm hinaus auf den Gang.

Davina hörte ihm eine Weile schweigend zu.

»Meine Schwester und ich, wir brauchen helfende Hände für das Castle.«

Sie zögerte einen kurzen Moment, dann akzeptierte sie sein Angebot, mit den Worten: »Ich habe mich seit dem Tod meiner Mutter um den Haushalt und die Kleinen gekümmert. Ich werde mich sehr bemühen, Euch nicht zu enttäuschen.« Sie glaubte, dass sie das Angebot von Ayden in Arbeit und Brot brachte, da sie so auch ihre Geschwister bei sich behalten konnte.

»Du solltest jetzt auch schlafen! Ich lasse euch wecken, denn wir werden früh aufbrechen. Ich möchte euch die Möglichkeit geben, alles aus eurer Hütte zu holen, was euch wichtig ist und am Herzen liegt.«

»Das ist sehr freundlich von Euch. Gute Nacht«, sagte Davina und ging ins Gemach zurück.

Sie stieg ins Bett, legte den Kopf aufs Kissen und zog die Decke an sich. In ihrem Kopf drehten sich die Gedanken wie ein Karussell, bis sie erschöpft einschlief.

Am Morgen ritt Ayden mit Davina zur Hütte.

Im Nu hatte sie ihre Sachen in eine kleine hölzerne Truhe gelegt. An Kleidung besaßen sie nicht viel, nur ein paar Erinnerungsstücke an die Mutter und zwei geschnitzte Tiere, die ihrem Bruder gehörten, und eine Puppe, die ihre Mutter vor ihrem Tod noch für Caitriona genäht hatte, packte sie ein. Mehr besaßen sie auch nicht.

Ihr Blick schweifte noch ein letztes Mal zum Abschied durch die Hütte. Sie verließ ihr altes Zuhause, schloss mit Bedacht die Tür. Mit einem traurigen Lächeln sah sie Ayden an und übergab ihm ihre Habseligkeiten, mit den Worten: »Entschuldigt, ich bin gleich wieder da.«

Die Buche am Rand des Waldwegs war ihre letzte Station mit einem Besuch an den kargen Gräbern ihrer Eltern.

Auf dem Rückweg ritten sie den Waldweg entlang, bis zu der Wegabzweigung kamen, die zur Mühle führte. Eine alte Steinbrücke führte dort über den Bach.

Ayden sah sie an. »Hier gibt es noch etwas zu klären für dich!«, und schlug dabei den Weg über die Brücke ein.

Ein Eimer eiskaltes Wasser aus dem Bach, ihr über den Kopf geschüttet, hätte keine andere Wirkung auf sie haben können, als dieser Satz von ihm. Sie schluckte heftig.

Der Müller und seine Frau traten vor das strohgedeckte schiefe Steingebäude der Darre*, als sie die Reiter kommen sahen.

Ayden stieg vom Pferd und half Davina beim Absteigen. Er wusste das es die letzte Möglichkeit für ein klärendes Gespräch, zwischen dem Müllersleuten und Davina war.

Als Rory fragte, was er für sie tun könne, erklärte Ayden das es schlicht gesagt um Davina ginge, die ihnen etwas zu gestehen hätte.

Die Müllerin taxierte Davina fragend mit den Augen. »Wie sollen wir das verstehen?«

»Ich habe das Brot und den Kuchen vor ein paar Tagen von eurer Fensterbank genommen«, gestand sie ihren Diebstahl mit gesenktem Kopf ein.

»Du?«

Ayden erklärte den beiden die ganze Geschichte. Erwähnte dabei auch mit wenigen Worten, warum der Dorfpriester sie hatte verlassen müssen.

Die Müllersleute standen mit fassungslosen Gesichtern da.

Rory entflohen einige wüste Worte, die jedoch nicht Davina, sondern des Verhaltens des Priesters betrafen, sah Davina dann aber doch etwas ungehalten an. »Weißt du eigentlich, wie ekelerregend Kuchen mit Senffüllung schmeckt?«

»Es tut mir leid!« Bei den Worten klang ihre Stimme fest, nicht mehr so zaghaft und beschämt wie zuvor bei ihrem Geständnis.

Rory erkannte, dass sie die Entschuldigung ernst meinte. »Dann wollen wir dir vergeben.«

»Wir müssen jetzt gehen!« Ayden reichte Rory aus seiner Geldkatze ein paar Münzen als Entschädigung. »Ich breche morgen nach Crimor Castle auf, um die Pflicht als Erbe meines Großonkels zu übernehmen. Davina und ihre Geschwister werden mich begleiten.«

»Wir wünschen Euch viel Glück.«

Der Morgen des Abreisetages war kühl, der Himmel klar. Vor dem Castle hing noch ein wenig Tau an den Bäumen und Sträuchern. Der Spätsommer war vorbei und der Herbst begann Einzug in die Highlands zu halten.

Davina hätte gerne geholfen, doch man hatte ihr gesagt, man brauche sie nicht. Es war einfach nicht ihre Sache, anderen untätig bei der Arbeit zuzusehen. So kam sie sich höchst merkwürdig vor, als von umherwirbelnden Knechten und Mägden noch einige Truhen und Kisten, auch die ihre darunter, auf die Packpferde geladen wurden.

Ayden befand sich in einer lebhaften Unterhaltung mit seinen Männern und deren Gelächter schall zu ihr herüber.

Davina war beeindruckt über das kameradschaftliche Verhältnis, welches die Lairdfamilie mit den Untergebenen führte.

Grace gesellte sich, die beiden Kinder an je einer Hand haltend, zu ihr.»Mach dir nicht zu viele Gedanken«, sagte sie lächelnd.

Dann war es so weit. Nach einer herzlichen Verabschiedung, bei der Grace ihren Sohn geküsst und der Vater ihn umarmt hatte, verließ Ayden mit zwei kleinen Kindern, einer jungen Frau, begleitet von vier Bewaffneten, einem Wagen und mehreren beladenen Packtieren das elterliche Castle und brach mit ihnen in ein neues Heim auf.

Grace lächelte Duran an, als sie ihrem Sohn und seinen Begleitern nachsah.

»Was ist, warum siehst du so glücklich aus, wo unser Ältester uns verlässt, hm?«

»Ich denke wir werden in nicht allzu geraumer Zeit eine Hochzeit feiern«, erklärte Grace.»Ich bin mir sicher, da haben sich zwei zueinander gehörende Seelen gefunden.«

»So glaubst du?«

»Ja! Nur … unser Ältester bleibt nicht so ganz seiner Familienlinie treu.«

»Wie meinst du das?«

»Mein Vater hat meine Mutter entführt und sie hatten dadurch Probleme mit Großonkel Wallace. Du warst ein Viehdieb und hattest Ärger mit unseren Vätern und meinem Clan, doch mein Sohn ist ein braver Junge, der nun wohl eine kleine Diebin heiraten wird.«

»Er ist, wenn schon unser Sohn!«, maulte Duran.

»Das schon! Aber zum Glück hat er nicht viel von meinem Vater, von dir und vom Erbe eurer Jugendsünden abbekommen. Er ist eben ein anständiger junger Mann und wird ein Laird ohne einen verbrecherischen Makel auf seiner Ehre.«

Mit zuckenden Lippen murmelte Duran: »Da meint man, man habe einen Engel als Frau an seiner Seite und dann stellt sich heraus: Zur Strafe für frühere Vergehen wird man auf ewig die Qualen der Vorhaltung erleiden müssen, um ein klein wenig Glück genießen zu dürfen.«

Grace lachte: »Du Armer! Man nennt es Schicksal!«

Besuch bei den Großeltern

Am Morgen nach der ersten Rast war es sehr frisch. Sie brachen das Lager ab und verließen den Wald. Außerhalb des Waldes lag eine dicke Nebelwand über dem schmalen Tal. Die Sonne kam jedoch gerade über den Hügeln heraus, der Nebel wurde dünner und verschwand dann zur Gänze. Ein Teppich aus Heide, leuchtend in rosa-, kupfer- und violettfarbenen Schattierungen bedeckten einen Grossteil der Talfläche.

»O is-t das schön«, sagte Caitriona, als sie über ihre Schulter hinweg Davina ansah.

Davina lächelte. »Das hast du gut gesagt.«

Sie verließen das Tal, setzten den Weg über sonnenbeschienene, satte hügelige Grashänge in südlicher Richtung bis zu einem Birkenwald fort.

Am Mittag hielten sie am Waldrand eine kurze Rast, aßen etwas und ritten danach in den Wald hinein.

Gegen Abend schlugen sie ihr Nachtlager in der Nähe eines Bachlaufes auf.

Ranolf stand am Rand der Lichtung. Eine Hand an seinem Waffengurt, schaute er sich wachsam um.

Mit sicheren Schritten ging Davina in den Wald. Im Vorbeigehen deutete sie Ranolf mit einem Nicken an, dass sie ihre Notdurft verrichten wollte.

Als sie erleichtert war, ging sie zum Bach, der ganz in der Nähe durch den Wald floss. Sie ging in die Hocke, wollte gerade Hände und Gesicht waschen, als ein plätscherndes Geräusch sie innehalten ließ. *Stammte es von einem Tier?* Während sie den Atem anhielt, bog sie einige Wasserschilfbüschel zur Seite, die ihr den Blick versperrten und spähte durch sie hindurch, zu einer etwas entfernt gelegenen Flussuferstelle. Dort konnte sie eine Gestalt erkennen. Es war Ayden. Er war gerade dem Bach entstiegen.

Sie schnappte kurz nach Luft, denn er war splitterfasernackt. Wassertropfen perlten von seinem Körper hinab auf den Boden. Sein Körper war atemberaubend schön und muskulös.

Ayden balancierte auf einem Bein, zog sich seine grauen Wollsocken über und stieg dann in seine Stiefel.

Seltsamerweise hatte sie nicht die geringste Scham, als ihr Blick zu seinem Geschlecht wanderte, denn erst zum Schluss legte er sein Belted Plaid an, indem er es gekonnt um seine Hüften legte, mit seinem breiten Ledergürtel fixierte und die übrig gebliebene Bahn über eine Schulter drapierte, um diese mit einer Fibel zu befestigen.

Er hatte sie zum Glück nicht bemerkt, so kehrte sie eiligst zum Lager zurück, um vor ihm dort zu sein.

Davina teilte sich mit ihren Geschwistern ein Stück Brot, das ihr einer der Männer mit einem Stück geräucherten Fleisch aus dem Proviantpaket gegeben hatte.

Nach der Mahlzeit legten sie sich nieder, bis auf Gabran, der Wache halten sollte.

Kaum hatte sich Ayden in seine Decke eingerollt und war eingeschlafen, da spürte er, wie seine Decke angehoben wurde. Verwundert sah er die kleine Gestalt an, die sich an ihn schmiegte.

Das eine oder andere Fiepen einiger Kleintiere war es wohl, das den Jungen dazu bewegt hatte sich schutzsuchend an ihn zu kuscheln.

Als Gabran ihn anstupste, damit er die Wache übernahm, stand Ayden bedacht auf, um seinen Deckengefährten nicht zu wecken.

Er suchte sich eine Stelle auf einem umgestürzten Baumstamm am Rande des Lagers, um von dort aus Wache zu halten. Der Mond warf sein Licht schwach durch die Zweige. Ayden sah kurz zu den am Boden liegenden schlafenden Körpern. Dann ließ er seinen Blick über die Bäume wandern und lauschte dem Rauschen der Blätter. Seine Gedanken schweiften ab und glitten hin zu den Ereignissen der letzten Tage. Er hatte eine sehr schnelle aus dem Herzen kommende emotionale Entscheidung getroffen und hoffte nun, dass er der Aufgabe ebenso gerecht werden würde, sich um die Kinder und Davina zu kümmern, wie als Laird um den Clan seines verstorbenen Urgroßonkels.

Die Dämmerung begann ins Morgengrauen überzugehen. Die Stille im Wald wurde unterbrochen, als aus weiter Ferne das Röhren von Hirschen wahrzunehmen war.

Arran wurde wach. »O weh! Ich bin noch furchtbar müde«, seufzte er schlaftrunken. Er lauschte auf die Geräusche, die ihn geweckt hatten. »Diese Hirsche machen vielleicht einen Krach.«

»Das ist immer so, wenn das Rotwild im Wald Hochzeit feiert. Der Bock lockt mit seinem Brunftruf die Ricken.« Ayden kam zu ihnen herüber. »Alle aufwachen! Es ist Zeit, unseren Weg fortzusetzen!«

Es entstanden bald rege betriebene Vorbereitungen zum Aufbruch.

Bei Sonnenschein und einem leichten Wind führte sie ihr Weg über sanfte Höhenzüge und bizarre Felsformationen. Auf einem steil aufragenden Felskegel waren die traurigen Überreste einer von den Engländern zerstörten Burg zu sehen.

Gegen Mittag erreichten sie ein Tal. In der Ferne unterhalb der Berge sahen sie zwei Hütten und um einen kleinen See grasten weit verstreut Schafe.

Sie machten Rast an dem See.

Am Nachmittag zogen schwere Wolken über den Himmel und brachten heftige Regenschauer mit sich. Das Gelände wurde recht schwierig und morastig. Sie ritten in ein Waldstück hinein. Es begann bereits zu dämmern, als sie den Wald wieder verließen. Den Niederschlag, den das dichte Blätterdach abgehalten hatte, er wurde stärker und prasselte auf sie nieder.

Arran, der vor seiner Schwester auf dem Pferd saß, rieb sich die Arme unter der wollenen Decke und murmelte verzagt: »Die Wetterfee meint es heute aber nicht gut mit uns. Wie weit ist es denn noch?«

Ayden, der die kleine Caitriona vor sich im Sattel sitzen hatte, hielt in genau dem Augenblick sein Pferd an und deutete nach vorne. »Seht dort, wir sind da. Zwar nass, doch heute Nacht schlafen wir in einem trockenen Bett.«

Das Castle seiner Großeltern lag in einem dicht verhüllenden grauen Schleier, oben am Hang. Die beiden würden gewiss überrascht sein, dass er nicht allein mit den Männern, sondern mit zwei Kindern und einer jungen Frau bei ihnen erschien.

Er setzte sein Pferd wieder in Bewegung. »Wir sollten uns beeilen.«

Der kleine Reitertrupp trieb die Tiere an. Sie ritten, Ayden an der Spitze des Zuges, so schnell, wie es auf dem aufgeweichten Pfad möglich war, die menschenleere Dorfstraße entlang. Jegliches Geschöpf im Dorf schien in den Hütten und den Ställen vor dem Starkregen Schutz gesucht zu haben, denn nur hier und da drang etwas Licht durch verhängte Fenster.

Am Ende des Dorfes ritten sie den von niedrigen Stechginsterhecken gesäumten Hangweg zum Castle hinauf.

Ermattet und bis auf die Haut durchnässt, erreichten sie wenig später das Tor, als die ersten Blitze am Himmel aufzuckten und sich in einem grollenden Donner über der Ebene entluden.

»Öffnet das Tor!«, rief Ayden der Wache laut zu.

Einer der Torposten rief von oben herab zurück: »Wer seid Ihr?«

»Einfältiger Bursche!«, hörten sie sogleich eine aufgebrachte Stimme ausrufen. »Was fällt dir ein, das ist der Enkel unseres Laird und unserer Lady, mit seinen Männern. Lasse sie sofort herein!«

Mit lautem Knarren öffnete sich das Tor, so weit, dass es den Pferden und Reitern Einlass bot.

Über den vom Regen nassen Vorhof ergoss sich das fahle Licht mehrerer Sturmleuchten. Ein Mann stand unter dem kurzen Dachüberstand einer der Stallungen.

Ayden schwang sich aus dem Sattel. Einen Augenblick standen sich die beiden wortlos gegenüber, während Ayden sein Gegenüber mit sorgsamer und ernster Aufmerksamkeit musterte.

»Meiner treu Payton, es ist gut, dich so wohlauf wieder zu sehen.« Dann umarmten sie sich kurz.

»Welch ein Glück! Offenkundig steht dein Entschluss fest, die Führung über den Clan von Wallace zu übernehmen«, sagte der ältere Mann zu ihm. »Der Laird und unsere Lady werden sich sehr freuen.« Payton drehte sich in Richtung Stalltür. »Komm her, John«, rief er.

Ein Stallknecht kam herbeigeeilt, nickte knapp und nahm, nachdem Ayden Davina und den Kindern vom Pferd geholfen hatte, ihnen die Tiere ab.

Die Männer ihrer Eskorte folgten dem jungen Mann, mit ihren Tieren in die Stallung.

»Wie geht's deinem Bein?«

»Ich werde wohl den Rest meines Lebens ein wenig humpeln«, antwortete Payton. »Der Eber hat wohl das schlechtere Los gezogen, er wurde am Spieß gebraten«, fügte er mit einer fast spöttischen Gleichgültigkeit hinzu. »Genug von der Dummheit eines alten Mannes! Ich kümmere mich jetzt um die Männer und den Wagen. Macht ihr euch hinauf ins Cape.«

Ein lauter Donnerschlag erklang und ein Blitz erhellte das gesamte Castle. »Kommt mit! Schnell!«, forderte Ayden Davina und die Kinder auf und eilte ihnen vorweg über den schlammigen Hof der Vorburg, in Richtung Wohnturm.

Kurz darauf traten Ayden, Davina und die Kinder, so nass wie sie waren, durch die mit dem Clanwappen geschnitzte hölzerne Doppeltür, in die von Fackeln beleuchtete Halle.

Ein paar Männer standen dort am Kamin und unterhielten sich.

»Guten Abend!«, grüßte Ayden freundlich.

Mit einem Lächeln im Gesicht drehte einer der Männer sich als Erster zu ihnen um. »Ayden!«, rief er erfreut aus. »Du …«, der Blick des Mannes, mit fast ergrautem Haar, glitt mit hochgezogenen Brauen über Davina und die beiden Kinder hinweg, die sie an den Händen hielt, bevor er sich wieder Ayden zuwandte: »Ihr … seht aus, als wäret ihr ein wenig nass geworden!«, stellte er gleichzeitig besorgt und dennoch etwas belustigt fest. Dann wandte er sich den Männern zu, die bei ihm standen. »Verfahrt, wie wir besprochen haben. Lasst mich nun mit meinem Enkel und seiner Begleitung alleine«, gebot er freundlich, aber bestimmt.

Die Männer gingen an ihnen vorbei, neigten flüchtig die Köpfe und lächelten den Kindern freundlich zu.

»Großvater, das sind Davina, ihr Bruder Arran und ihre Schwester Caitriona. Sie sind Waisen und begleiten mich nach Crimor, um bei mir im Castle zu leben«, erklärte Ayden.

Während sie noch miteinander sprachen, trat mit schnellen Schritten seine Großmutter Màiri durch einen Seiteneingang in die Halle. »Oh, wie ich mich freue, du bist früher hier, als wir dachten!« Sie stürmte auf Ayden zu, wollte ihn zuerst umarmen, wich dann einen Schritt zurück. »Du bist ja vollkommen durchnässt.«

»Das kann man wohl sagen, Großmutter!«, antwortete Ayden und konnte sich ein Grinsen nicht verkneifen. »Du weißt doch, was wir Hochländer sagen: Egal, wann du gehst, mach dich darauf gefasst, dass du an einem Tag mehrere Wetterumschwünge miterleben wirst.«

Davina machte einen Knicks, als Màiris Blick an ihr und ihren Geschwistern haften blieb. »Es ist meinen

Geschwistern und mir eine Ehre, Sie kennenzulernen MyLady«, sagte sie artig und hielt ihre Lider leicht gesenkt. »Herzlich willkommen!«

Da war es wieder – das Gefühl, das sich um Davinas Brust legte, wie ein dickes kaltes Eisenband. Noch nie hatte sie gehört, das hohe Herrschaften so großzügig zu Niederen waren. Warum zu ihr und ihren Geschwistern? Denn sie konnte in Lady Màiris Gesicht echte Herzlichkeit spüren.

Bevor seine Großmutter noch etwas sagen konnte, sagte Ayden: »Bevor du mich wegen meiner Begleitung eines hochnotpeinlichen Verhörs aussetzt, werde ich dir und Großvater kurz berichten, wer die junge Frau und die Kinder an meiner Seite sind.« Ayden fasste schnell zusammen was Davina, ihrem Bruder Arran und ihrer Schwester Caitriona widerfahren waren. Sagte jedoch von Davinas Diebstahl nichts.

Logan warf seiner Frau einen vielsagenden Blick zu, woraufhin Màiri im mitleidigen Ton sagte: »Wir bedauern, was dir und deinen Geschwistern widerfahren ist, Mädchen! Es ist sehr betrüblich, wenn Kinder so früh ihre Eltern verlieren und sich dann auch noch alleine durch die Schwierigkeiten des Lebens schlagen müssen!«

»Habt dank, MyLady, für Eure freundlichen Worte!«

»Eure Kleider sind durchnässt, ihr müsst aus den nassen Sachen heraus, nicht, dass ihr noch krank werdet. »Komm mit mir Mädchen und ihr Kinder auch.«

Ayden ergriff Davinas Hand, da sie zögerte, lächelte er sie aufmunternd an. »Geht nur mit meiner Großmutter.«

Die Wärme in den Augen von Aydens Großmutter, die sie aufmunternd anlächelte, nahmen ihr die restliche Unsicherheit. Sie hatte ein Dutzend Fragen, aber sie sprach sie nicht aus. »Kommt!«, sagte sie zu ihren Geschwistern.

Màiri winkte kurz einer Magd, die in der Halle mit einem Krug erschienen war, und gab ihr den Auftrag, Wasser für ein Bad zu erhitzen. Sie wies sie an, sie solle dies und trockene Kleider hinauf bringen.

Die Magd lief, nachdem sie den Krug abgestellt hatte, hastig davon.

»Ein warmes Bad wird eure Lebensgeister wieder aufrichten. Ihr werdet gewiss auch Hunger haben. In einer Stunde werden wir gemeinsam hier in der Halle zu Nacht speisen«, kündigte Màiri an.

Sie verließen die Halle durch den Seitengang und stiegen eine Treppe in das zweite Stockwerk des Wohnturms hinauf.

Logan trat ein Schritt auf seinen Enkel zu und legte ihm den Arm um die nassen Schultern. Dann warf er Ayden einen bedeutungsvollen Blick zu. »Sie ist sehr hübsch und scheint mir sehr liebenswert, wenn auch ein wenig schüchtern. Du hast es dir also doch zu Herzen genommen, als ich sagte, du solltest nach einem Mädchen Ausschau halten, dass du heiraten kannst.«

Ayden holte tief Luft. »Himmel, Großvater, du wirst Urgroßonkel Wallace immer ähnlicher!«

Der Großvater zog die Stirn kraus. »Was soll dies den bitte heißen?«, stieß Logan empört aus und verschränkte die Arme vor der Brust und wartete.

»Man muss eine junge Frau nicht unbedingt gleich heiraten, nur weil man sie aus einer misslichen Lage errettet hat und ihr und ihren Geschwistern aus Anstandsgefühl heraus ein neues Heim bietet. Ich schulde Arran und auch ihr noch etwas, für meine Rettung! Mehr sag ich nicht dazu!«

Logan lächelte vergnügt in sich hinein. »Nicht, dass es eine Rolle spielt, mein Enkelsohn, falls du es nicht bemerkt haben solltest, sie sieht dich nicht nur wie einen Beschützer an, der ihr ein neues Zuhause bietet. Außerdem habe ich auch nicht von gleich gesprochen. Aber diese Frage erübrigt sich, meist ist man verwundert und will es zuerst nicht wahrhaben, dass man sich so nah ist, obwohl man sich doch fremd sein müsste!«

Ayden verdrehte die Augen. »Großvater, ich lass mich, was meine Liebesangelegenheiten angeht, von niemanden drängen. Lass mich erst einmal die Aufgabe des Herren über das Land von Onkel Wallace übernehmen und seinem Clan der Laird werden, den sie brauchen. Ist dies vollbracht, dann mache ich mir vielleicht Gedanken darüber eine Familie zu gründen. Ich würde jetzt wirklich zu gern in den Baderaum und aus den nassen Sachen heraus. Mir ist kalt!«

Im obersten Stockwerk des Wohnturms angekommen, hielt Màiri am Ende des Ganges eine Zimmertür auf und sah Davina und ihre Geschwister auffordernd an. »Das ist, solange ihr bei uns weilt, euer Reich!«

»Sehr freundlich von Euch, Mylady. Danke!«

Davina hatte mit nicht mehr als einer kleinen Kammer gerechnet, doch es war ein relativ großer Raum. Ein großes Bett stand in einer etwas erhöhten Nische. Der Boden vor dem Bett war mit Fellen belegt. Auf zwei Eisenständern links und rechts daneben brannten Kerzen, die einen angenehmen Honigduft im Raum verbreiteten. Eine Kommode mit Waschschüssel und Krug stand an der einen Wand. Eine Wanne aus Holz auf der anderen Wandseite, an der sich auch ein Kamin befand. Gegenüber der Bettstatt befand sich ein Erker mit Fensteröffnung, an der sich ein hölzerner Rollladen befand, der geschlossen war und gegen den man den Regen von außen leise trommeln hörte. Vor der Fensterleibung stand ein Tisch mit zwei Stühlen, die mit Schaffellen belegt waren.

»Kind, entkleide deine Schwester!«

Davina streifte ihrer Schwester die Haube ab, trotzt dem Gefühl, in solchen Räumen einfach fehl am Platz zu sein. Feuchte Locken fielen dem Mädchen lose auf die Schultern.

Lady Màiri sah Arran an. »Ich kümmere mich derweilen um den kleinen Mann hier.« Sie zog ihm die Kappe vom Kopf. Sein Haar war von dunklerem Braun, als das seiner Schwestern. Als sie sich daran machte die Bänder seines Hemdes zu öffnen, sah Arran sie misstrauisch und unglücklicher Miene an.

Màiri lachte leise auf: »Oh' ich kenne diesen Blick. Natürlich, ich weiß was er zu bedeuten hat, mein Junge. Du bist schon alt genug und kannst das selbst. Aber ich bin Großmutter und helfe gerne. Zieh dich also aus! Wenn du möchtest hinter dem Wandschirm dort, dann helfe ich dir in die Wanne, sobald die Magd das erwärmte Wasser gebracht hat. Hier, nimm dir die Decke zum Umlegen mit.«

Leise klopfte es und die Tür öffnete sich einen Spalt.

Nach dem zustimmenden Nicken ihrer Herrin trat die Magd aus der Halle in den Raum ein. In der Hand hatte sie zwei Eimer mit dampfendem Wasser und zwei weitere Mädchen folgten ihr, ebenfalls eine vierte Frau mit einem Eimer Wasser und Kleidung auf dem Arm.

»Das sind Arkala, Mirea, Bedelia und Mairead«, stellte Lady Màiri die Mägde vor. »Befüllt die Wanne.« Arkala nickte kurz und sie machten sich ans Werk.

»Hier ist auch die gewünschte Kleidung MyLady. Ich hoffe sie passt. Benötigt Ihr gerade noch unsere Hilfe?«, erkundigte sich Arkala.

»Ihr könnt gehen. Arkala richte doch der Köchin aus, sie solle für die Kinder warme Milch mit Honig bereiten.«

Nachdem die beiden Kinder schon in der Wanne saßen, half Màiri auch Davina beim Entkleiden. Sie hob die Kinder wieder aus dem Wasser, reichte Arran ein Handtuch und trocknete Caitriona ab.

Nun stieg auch Davina in die Wanne. Das warme Wasser tat wohl. Die Fürsorge, die ihr und ihren Geschwistern auch hier zuteilwurde, erwärmte ihr Herz und brachte sie zum Weinen. Zwar schalt sie sich selbst für töricht, doch sie konnte sich dieser Gefühlsregung einfach nicht widersetzen. Ein solches Gefühl der Geborgenheit hatte sie nur in den Armen ihrer verstorbenen Mutter kennen gelernt. Davina tauchte schnell mit dem Kopf unter Wasser und wusch sich die Haare, damit niemand ihre Tränen bemerkte.

Màiri hatte mittlerweile die Kinder frisch eingekleidet und half nun auch ihr aus der Badewanne. Sie rieb Davinas Haare trocken und kämmte sie. Dann zeigte sie aufs Bett, dort lagen ein Unterkleid und ein wunderschönes, beiges Kleid mit braunem Schnürmieder aus Leder. Màiri half ihr ebenfalls beim Ankleiden, danach erklärte sie: »Ich werde mich nun um meine weiteren Haushaltspflichten kümmern.

Ihr könnt euch noch ein wenig ausruhen. Ich werde euch abholen lassen, wenn das Essen aufgetragen ist.«

Davina bedankte sich und ließ sich erschöpft neben ihren Geschwistern auf das Bett fallen.

Geraume Zeit später klopfte es wieder. Die Tür wurde geöffnet. Arkala stand in der Türleibung. »Die Herrschaften lassen Euch zum Mahl bitten.«

Davina und die Kinder betraten als letzte die Halle. Laird Logan saß auf seinem mit Schnitzereien verzierten Lairdstuhl. Neben ihm Lady Màiri und Ayden auf der anderen Seite an der Tafel.

Clanleute, darunter auch die Knechte und Mägde, die nichts mit dem Auftragen des Essens und in der Küche zu tun hatten, hatten auf den langen Bänken Platz genommen. Davina sah sich nach einem Platz für sich und die Kinder um, als Logan ihnen zuwinkte, zu ihnen auf den Hochsitz zu kommen. Sie ging zögernd auf die Empore zu und knickste.

»Kommt, setzt euch zu uns, damit wir essen können.«

Nach dem Mahl hob Logan seinen Becher und rief: »Meine Freunde, trinkt mit mir auf meinen Enkel Ayden den neuen Laird von Crimor Castle.«

Als Davina, später am Abend, mit den Geschwistern in die ihnen zugewiesene Kammer zurückkehrte, blieb sie verblüfft stehen, ein wunderschönes Nachthemd lag auf dem Bett bereit, die Decken waren zurückgeschlagen und die Kissen aufgeschüttelt. Auf der Truhe am Fußende des Bettes lagen weitere Kleider, Röcke und allerlei Strümpfe für sie und ihre kleine Schwester und Hosen für ihren Bruder.

»Sie sind alle so großzügig,« murmelte sie bewegt, sich aufs Bett setzend. Sie streichelte über den Stoff des Nachtgewandes und fuhr gedankenverloren die Blumenstickerei an dessen Ausschnitt nach, dabei flossen ihr Tränen der Rührung und Ergriffenheit über die Wangen.

»Warum weinst du? Du müsstest dich doch freuen!«, fragte Arran, während Caitriona ihrer großen Schwester die Hand streichelte.

»Ach wisst ihr, jedem Menschen kullern mal Tränen über die Wangen. Die Tropfen, entstehen aus Trauer, Freude, Schmerz, auch aus Wut und aus Rührung und sind plötzlich für alle sichtbar, selbst wenn man sie mit aller Gewalt verbergen will. Ich bin so gerührt über die Freundlichkeit von den Lairdfamilien uns gegenüber«, erklärte sie mit vor Rührung zitternder Stimme. »Es verwirrt mich, was uns gerade passiert.«

»Wenn ich weine, dann ist mir das peinlich.«

»Ich weiß, denn Männer verdrücken sich lieber an eine einsame Stelle, bevor sie ihre Gefühle zeigen, da sie diese zu sehr verwirren.«

Schon in der Nacht hatte der Regen aufgehört. Obwohl es am vorigen Abend spät geworden war, erwachte Davina zeitig. Sie weckte ihre Geschwister, erhob sich aus dem Bett, kleidete sich an, half dann ihren Geschwistern und sie verließen kurz darauf ihr Zimmer.

Sie betraten die Küche. Der Duft von Kräutern, eingekochten Äpfeln und der Rauch der offenen Feuerstelle stieg ihnen in die Nase. Die Köchin rührte in einem Topf und grüßte freundlich werden sie feststellte:»Ihr seid aber früh dran! Wir sind in der Halle noch nicht fertig, doch wenn ihr Hunger habt, dann setzt euch und leistet mir ein wenig Gesellschaft, während ich euch das Morgenmahl bereite«, und sie deutete dabei auf einen Arbeitstisch in der Nähe der Kochstelle, um den einige Hocker herumstanden. Sie setzten sich und sahen der Köchin eine Weile zu.

»So! Das wäre fertig!«, dann tischte sie den dreien einen Holzkorb mit Brot, Käse und etwas kalten Braten auf. Platzierte Brettchen und drei Holzschüsseln mit Löffeln auf den Tisch. Die Köchin strich den Kindern in einer liebevollen Geste über den Kopf.»Mögt ihr vielleicht Milch mit Honig und Porridge? Ich habe gestern frischen Apfelmuss gekocht, der schmeckt sehr gut dazu.«

Natürlich tauschten die Kinder zuerst einen verunsichert fragenden Blick mit ihrer großen Schwester aus, die ihnen daraufhin zustimmend zunickte.

»Ja gern«, sagte Arran und wenig später stopften die beiden sich den Brei genussvoll in den Mund.

»Das war sehr gut!«, lobte Arran, als seine Schüssel leer war und schob sie mit einem Lächeln beiseite.

Davina wollte der Köchin, nachdem ihr Mahl beendet war, helfen, doch diese lehnte ab.

»Aber ich kann wirklich helfen. MyLady haben uns schon durch das Gästegemach, die Ehre an der Tafel zu sitzen und diese wertvollen Geschenke von Kleidung beschämt. Ich weiß gar nicht, wie ich ihnen für alles danken soll«, sagte sie bescheiden.

»Dummes Zeug«, fuhr die Köchin auf. »Schaut euch im Cape etwas um und genießt den Tag. Ihr habt doch gewiss noch nie eine so weite Reise unternommen. Die kommenden Tage werden noch einmal anstrengend, denn ihr habt noch einige Meilen vor euch, bis ihr am Ziel seid. Dort angekommen könnt Ihr Eure Pflicht Laird Ayden gegenüber treu erfüllen. Hier seid ihr Gäste.«

Davina konnte die Größe der Fürsorge und Freundlichkeit, die ihnen entgegengebracht wurde, kaum fassen.

Mittlerweile schien die Sonne über dem Castle. Logan trat in den Hof hinaus. Er entdeckte dort Arran. Der Junge schien sich zu langweilen, er saß am Brunnen und malte mit einem Stock Tiere ins feuchte Erdreich.

»Na so alleine?«

Arran schrak auf. Er stand unverzüglich auf und begrüßte den Laird. »Davina ist mit Caitriona spazieren gegangen.«

Logan lächelte ihn freundlich an.

»Ich habe dazu keine Lust.«

Logan setzte eine verschwörerische Miene auf. »Tja, Frauen und Mädchen sind nicht immer so leicht für einen Mann zu ertragen, nicht wahr?«

Arran stieß einen leisen Seufzer aus. »Ich habe sie sehr lieb, aber manchmal gehen sie echt auf die Nerven.«

»Na wenn du nichts zu tun hast, ich wollte gerade nach einem Wurf junger Deerhound sehen. Magst du mich begleiten?«

Arran flog ein Lächeln übers Gesicht. »Wenn ich darf! Gern!«

Sie liefen zunächst in den Vorhof und betraten dann die Stallung. In einer Stallbox befanden sich neben der Hundemutter neun quirlige Welpen. Arran war begeistert. Logan näherte sich langsam der rauhaarigen dunkelblaugrauen Hündin und ihrem Wurf. Als die Hündin ihn mit ihren braunen Augen ansah und den Kopf ein wenig schief legte, ihre kleinen Ohren waren dabei zurückgefaltet, was bedeutete, dass sie ihm vertraute und ruhig war, kraulte Logan sie am Kopf. »Der Hund zählt zu den wohl treuesten Gefährten, die man sich als Mensch wünschen kann«, erklärte er. »Die Welpen sind vor mehr als drei Monaten geboren. Wir könnten jetzt den einen oder anderen abgeben. Sie brauchen vor allem Aufmerksamkeit, um mit ihrem Herrn ein gutes Verhältnis aufzubauen.«

Arran wollte schon immer einen Hund und nun war die Gelegenheit plötzlich so greifbar nah. Daher fragte er danach: »Könnte ich einen haben?«

»Wenn es Davina erlaubt, dann ja.«

»Dann werde ich sie suchen und fragen. Der Hellgraue mit schwarzer Maske und schwarzen Ohren gefällt mir.« Mit diesen Worten rannte er aus dem Stall hinaus.

Logan folgte ihm lächelnd.

Davina hatte Caitriona an der Hand und sah sich um. Sie erreichten einen Mauerdurchgang. Die Lockungen von Chrysanthemen und Kräutern, deren Duft ihr entgegenschlug, lies sie durch den Durchgang treten.

Màiri die sie entdeckte, unterbrach ihre Arbeit und lächelte sie auf ihre Hacke gestützt an. »Willkommen in meinem Garten.«

Davina war überwältigt, sie standen in einer Mischung aus Blumen-, Gemüse-, Heil- und Kräutergarten. Die Beete waren um einen in der Mitte befindlichen Brunnen mit einer Steinbank gruppiert und mit einer mannigfaltigen Blütenfarbenpracht umgeben, die das Auge mit ihren kupferrot, lila und gelben Tönen nur so erfreute.

Màiri stellte die Harke beiseite, wischte ihre Hände an ihrer Schürze ab und lächelte, während sie nach Caitrionas freier Hand griff. »Kommt, lasst uns auf der Bank platznehmen. Die Sonne hat den Stein mittlerweile getrocknet. Hier können wir ein bisschen plaudern.«

Caitriona spielte mit ein paar Steinen, während die beiden Frauen auf der Bank Platz nahmen und sich unterhielten.

»Es war Zufall, dass wir uns begegnet sind«, fing Davina das Gespräch an. »Was zwei Tage vor der geplanten Abreise Eures Enkels, bei uns passierte, dem ging eine längere Geschichte voraus«, erklärte Davina seufzend. Sie schwieg für einen Moment und schaute auf ihre Hände. Dann hob sie ihre Schwester auf ihren Schoß, da Caitriona die Lust an dem Spiel verloren hatte, und strich ihr eine Locke aus dem Gesicht. Sie bemühte sich, unaufgeregt zu klingen, als sie in ihrer Erzählung fortfuhr: »Ich hatte Essen gestohlen«, gestand sie niedergeschlagen. »Wir hatten nichts mehr, nachdem auch mein Vater gestorben war. Caitriona hatte an dem Tag Geburtstag und wir schon seit Tagen nichts mehr zum Essen. Doch das entschuldigt meine schändliche Tat in keinster Weise.«

Màiri rieb ihr tröstend über den Rücken. »Der Laird und ich, wir erfuhren beide von den schmerzlichen Momenten wie es ist die Eltern zu verlieren. Wir hatten jedoch jeder einen Verwandten, der uns aufnahm und gut zu uns war. Ihr aber wart ganz alleine auf euch gestellt. Der Verlust und all die schlimmen Dinge, die einem dann noch widerfahren, sie können einen zu falschen Entscheidungen verleiten, die man vielleicht irgendwann bereut. Doch der Hunger lässt keine Wahl.

»Meine Tat, gab dem Dorfgeistlichen erst die Möglichkeit, mich durch die Vorwürfe der Sünde zu bedrängen.«

»Es hat niemand ein Recht, für ein getanes Unrecht, wieder ein Unrecht an einem Sündigen zu begehen.«

»In dem Moment, als er auf mich einredete, habe ich gewusst was richtig war. Ich weiß nicht einmal ob ich mich gewehrt hätte, wäre Ayden nicht gekommen. Ich habe wirklich großes Glück gehabt!«

»Das ist schlimm, was passiert ist. So etwas zu hören ist unglaublich!«

Davina versuchte das Thema zu wechseln. »Ihr habt gewiss nie gestohlen und der Laird auch nicht.«

»Jeder von uns hat seine Sünden, mein Kind. Mein Gemahl Logan, er hat mich entführt, als ich noch ein junges Mädchen war. Er konnte es aber nur durch meine Schuld und dafür verloren gute Männer meines Clans ihr Leben. Es gab damals etliche Momente in welchen ich Logan gerne wieder losgeworden wäre und auch genügend Situationen, in denen ich ihm am liebsten den Hals umgedreht hätte«, erzählte Màiri mit ernsthafter Miene. »Ich habe jedoch verstanden was er gefühlt hat, als auch sein Onkel verstorben war. Nun lächelte sie, »Schlussendlich hat sein Racheplan zu unserem Glück geführt - wie lieben uns sehr. Aber wieder zu dir, mein Kind! Du hast zwar einen Fehler gemacht, doch der Größte war, du hättest Vertrauen haben sollen, zu deinem Laird gehen und ihn um Hilfe bitten. Doch weil du es nicht getan hast, deshalb bist du mit Ayden hier bei uns. So hat das schlimmste Schicksal oft in seiner Gesamtheit auch sein Gutes. Und wenn ein Mann in unserer Familie ein wahrer Ehrenmann ist, so ist es Ayden!«

»Sprichst du gerade von mir?« Aydens Stimme erregte ihre Aufmerksamkeit. »Divana, meine Großmutter ist, was mich angeht, ein wenig befangen.«

»Warum hast du uns nicht alles gesagt, was diesem armen Mädchen widerfahren ist?«

Sein Lächeln verblasste. »Großmutter, ich habe es nicht erwähnt, weil ich dachte, es könnte Davina beschämen. Grundgütiger hätte ich es gestern in der Halle vor dem Gesinde erwähnt, hätte es Gerede gegeben. Mir lag noch nie daran ein solches zu fördern.«

»Einem Pfaffen, der sich nicht mehr verpflichtet fühlt seines geistlichen Amtes zu walten, um in böser Absicht mit einer Frau zu kopulieren, dem muss das Handwerk gelegt werden!«

»Vater hat sich noch vor unserer Abreise darum gekümmert.«

Arran hatte sie in dem Augenblick gefunden. Er wirkte so aufgeregt, das Davina schon befürchtete, er habe etwas angestellt.

»Ich muss dich was fragen, Davina. Laird Logan hat mir einige Welpen gezeigt. Die sind allerliebst. Er sagt, wenn du es erlaubst, dann können wir einen haben.«

Logan der gerade ebenfalls im Garten auftauchte, lächelte etwas verlegen, als er Davinas irritierten Gesichtsausdruck sah.

Davina schüttelte verneinend den Kopf, während sie tief durchatmete. »Arran, das geht nicht!«

»Mir ist´s schon recht! Du bekommst den Hund. Wir nehmen ihn mit!«, sagte Ayden.

Davina sah in an und warf ihm einen ungehaltenen Blick zu. »Entscheidet Ihr eigentlich immer über die Köpfe anderer hinweg, so wie es Euch beliebt?«

Ayden ignorierte ihren empörten Blick, den sie ihm zuwarf, als er ruhig erwiderte: »Vielleicht macht es mir einfach Spaß, wenn es um dich und deine Geschwisster geht, da ich mich für euch verantwortlich fühle! Du darfst gerne, wenn du alleine in der Lage bist, dich und sie ernähren zu können, wieder über alles was sie angeht entscheiden. Da diese Versorgungsmöglichkeit von dir aus gerade nicht besteht, entscheide ich.« Er sah die Kinder an. »Meine Entscheidung ist gefällt. Kommt Kinder, last uns den Welpen ansehen, den Arran ausgesucht hat.«

Davina saß wie vom Donner gerührt da und starrte ihm entsetzt hinterher. Man konnte in ihren Augen Verzweiflung und Unglauben lesen. Die Stille, die sich ausbreitete, war unerträglich. Sie war deprimiert.

Als Ayden mit den Kindern ausser Hörweite war, versuchte Logan zu vermitteln. »Davina, er meint es doch nur gut, ihr habt in letzter Zeit so viel erduldet. Du hättest die strahlenden Augen des Burschen sehen sollen, als er die Welpen sah. Lass ihnen die Freude.«

Davinas zartes, feines Gesicht war ungehalten. Ihre Schwester saß brav neben ihr am Tisch, der Bruder war noch nicht aufgetaucht. Jetzt erst, als einer der Letzten an Aydens Seite, erschien er zum Nachtmahl in der Halle.

»Na, endlich, Arran! Wo hast du nur die ganze Zeit gesteckt?«

Rasch setzte Arran sich neben Caitriona. Er zögerte und wandt sich, bis er ihr antwortete: »Ich war mit Ayden noch bei mein ... ähm unserem Hund! Verzeih!«

Davina lächelte schwach. » Mit wem und wo solltest du auch sonst gewesen sein!«

Ayden beugte sich zu ihr herüber: »Verzeih, ich war vorhin etwas barsch zu dir. So ein tierischer Freund und dessen Zuneigung kann ein Kind positiv beeinflussen. Sie lernen, durch deren Betreuung spielerisch Verantwortung zu übernehmen. Darüber hinaus wird ein gut ausgebildeter Hund seinem Besitzer immer Gefahren anzeigen und ihn somit schützen.«

»Ihr mögt ja Recht haben. Es tut auch mir leid, dass ich ein bisschen ungehalten war.«

Kurz darauf war der Ärger vergessen und Davina lächelte wieder.

Schweren Herzens nahm man fünf Tage später Abschied.

»Dann ist es nun so weit!«, sagte Màiri zu Davina.

»Ich möchte mich für die wundervollen Tage bei Euch bedanken.«

»Da gibt es nichts zu danken!« Dann kramte Màiri nach einem Taschentuch und trocknete ihre Augen.

Davina ging mit den Kindern zu den Pferden. Hinter ihnen tapste ein grauer Welpe, an einer Leine geführt, hinterher.

Ayden lächelte seine Großmutter an. »Großmutter, wir sehen uns gewiss alle bald wieder.«

»Versprich uns das!«

Er umarmte seine Großmutter, hielt sie einfach nur fest, bis er schliesslich flüsterte: »Es wird Zeit, wir müssen aufbrechen.«

»Pass gut auf Davina, die beiden Kleinen und Tamry auf. Auch auf dich, mein geliebter Enkelsohn!

»Ich verspreche es dir Großmutter! Ich werde mich gut um sie kümmern.«

Unverständnis

Als der neue Priester, ein stämmiger Gottesmann mit lichten Haaren und bärtig, das Amt in der Dorfkirche aufnahm und am Tag seiner Einführung Grace und Duran seinen Antrittsbesuch auf dem Castle machte, erklärte er: »Dem ungehorsamen Bruder Murdo obliegt die Aufgabe, sich zu besinnen. Unser Abt war verärgert darüber, dass Pater Murdo die Absicht hatte, sein dem Herrn gegenüber geleistetes Keuschheitsgelübde zu brechen. Es war umsichtig und auch vollkommen richtig von Euch, ihn in die Abtei zurück zu schicken. Ein solcher Ungehorsam gegenüber einem dem Herrn gegebenem verpflichtendem Gelübde, geht nicht. Selbst die Verführung einer Sünderin, deren Leib vom Übel befallen ist, entschuldigt eine solche Torheit nicht, dem Locken eines Weibes zu verfallen. Unsere Gemeinschaft hat demütigende Strafen für diese Sünde gefordert. Rutenschläge auf den nackten Rücken waren eine dieser und zusätzliche Bußübungen durch Fasten, die der Abt ihm auferlegte. Murdo wird noch 30 schwere Tage zu bestehen haben.«

»So?«, knurrte Duran grimmig in gepresstem Ton. »Heißt das, dies ist dessen ganze Bestrafung?«

»In den Regeln unserer Gemeinschaft steht: Sündigt dein Bruder, so gehe hin und weise ihn zurecht. Hört er auf dich, so vergebe ihm. Die Kunst der Läuterung besteht in der Behutsamkeit, damit der reuige Sünder sein Gesicht nicht verliert. Zu seiner Ehrenrettung kann ich nur sagen: Es ist für einen Kirchenmann nicht immer einfach, den verführerischen Fleischeslüsten eines sich an den Hals werfenden Weibes zu erwehren. Murdo beteuert, dass der Anstoß zur Sünde von dem Weib ausgegangen war: Sie hat

72

ihn regelrecht überrumpelt. Gab zu, dass er nach ihrem Drängen bereit gewesen war, der Versuchung nachzugeben, und er diese Schwäche bitter bereue.«

»So tut er das?«

Der Priester nickte und fuhr fort: »Die Sünderin wurde wohl ihrerseits von Euch bestraft? Sich nach einem Diebstahl einem Priester anzubiedern, um einen Gottesmann zum Schweigen zu bringen, der ihre Tat entdeckte und sie zur Rede stellte, ist eine widerwärtige Dreistigkeit! Darf ich mich also erkundigen, wie sie bestraft wurde, damit ich es meinem Abt zutragen kann?«

»Sie hat unser Clanland mitsamt ihren Geschwistern verlassen.«

»Sie wurde also verbannt, nachdem sie bestraft wurde?«

»Ich habe lediglich gesagt, sie hat unser Clanland verlassen.«

Der Priester starrte Duran ungläubig an. »Erlaubt mir mich nun doch etwas zu wundern. So wurde von Euch auch nicht gerade mit strenger Hand gerichtet, Laird. Natürlich müsste man ein Narr sein, solch eine Hure in seinem Clan zu behalten, doch sie in einem solchen Fall ohne Körperstrafe zu belassen, dies ist mir unverständlich.«

»Ich war schon immer der Meinung, Pater, es sei gerecht die Bösen zu strafen und die Schwachen zu behüten. Ungehorsam gegenüber den Gelöbnissen zu Gott, von einem Mann eurer Bruderschaft, ist eine Angelegenheit, die durch meine Entscheidung eurem Abt obliegt. Was die Sünden der Menschen, in und gegen meinen Clan betrifft, so sind dies meine Angelegenheiten.«

Grace mischte sich ein: »Da die junge Frau, nach dem Tode ihrer Eltern, für ihre nicht mündigen Geschwister sorgen muss, konnte mein Gemahl barmherzig sein. Den geweihten Boden, in welchem die Eltern ruhen und das Heim zu verlassen, in dem man geboren wurde, wiegt schwer, wenn man es missen muss.«

»Ihr habt wohl Recht! Verzeiht mir, meine vorwurfsvollen Worte.« Der Pater sah Duran an. »Auch die Barmherzigkeit gehört zu den guten Eigenschaften eines gerechten Gläubigen, so wie bei uns die erteilte Absolution. Nun, die Sünderin ist fort und andere werden sich mit ihr herumschlagen müssen, sollte sie erneut sündigen.«

Logan wurde wütend. »Es gibt einen Zeugen, Murdo war es, der wohl glaubte unser Gotteshaus, zu einem Schandhaus verwandeln zu können, in dem man als Priester schlimme Unsitten mit jungen Sünderinnen treiben kann, um die Absolution zu erteilen.« Er machte eine entschiedene Handbewegung, die zum Hallenausgang zeigte. »Wenn ihr bei uns Priester sein wollt, dann stellt Euch besser gleich die Frage, wie Ihr selbst denkt, es mit euren ùrnaigh agus obair* zu halten und ob ihr nach den strengen Regeln zu leben gedenkt. Könnt ihr es nicht, dann solltet ihr besser gleich wieder in den Schoß eures Ordens zurückkehren. Denn ich werde bei einem weiteren Sittenverfall eines Priesters auf meinem Clanland selbst für Zucht und Ordnung sorgen.«

»Mit Verlaub, Ihr wollt mir doch nicht schon bei Antritt meines Priesteramtes unterstellen, dass ich meine seelsorgerischen Pflichten sträflich vernachlässigen könnte?«

Logan sah dem Priester fest in die Augen. »Nicht, dass Ihr es als Drohung versteht, es ist lediglich die Erklärung, was ich mit dem nächsten Geistlichen tun werde, der sich in unsittlicher Weise an einem Mitglied meines Clans zu vergreifen versucht. Solange in Euren Amtshandlungen keine Unregelmäßigkeiten vorkommen, wird es keine Schwierigkeiten zwischen uns geben! Die Besoldung ist geregelt und frei von Abgaben. Das Haus mit Garten und Hühnerstallung, das neben der Kapelle liegt, steht Euch zur Verfügung solange Ihr Euren göttlichen Dienst hier bei uns verrichtet. An Sonn- und heiligen Feiertagen oder zu besonderen Jahrestagen lest ihr eine Messe. Ansonsten umfassen Eure Aufgaben alle Geistlichen, von der Taufe bis zur Totenmesse.«

Der Priester öffnete den Mund, um etwas zu erwidern, doch Duran kam ihm zuvor:»Ihr dürft gehen und Eures Amtes walten!«

Der Priester verabschiedete sich, zog seine Kapuze tief ins Gesicht, wünschte eine geruhsame Nacht und schritt, nachdem er das Castle verlassen hatte, den Weg zum Dorf hinab.

Im Haus angekommen, packte er sein Hab und Gut aus, das nur aus wenigen Teilen bestand und machte sich daran seine neue Unterkunft zu erkunden.

Oben im Castle währenddessen war Duran wütend auf sich selbst.»Vielleicht habe ich eine falsche Sichtweise, aber ich kenne gerade keine andere, nach dem was wir gerade gehört haben. Ich hätte Murdo besser selbst bestrafen sollen, so lasch wie seine Ordensbrüder mit ihm umzugehen gedenken. Dachte ich doch, der Prior ist unerbittlich gegen die, die ihren Regeln so trotzen. So habe ich die Verantwortung der Rechtsprechung im guten Glauben und um Frieden mit der Kirche zu haben, auf den Pater Prior abgewälzt«, knurrte er.»Diese gottlosen Kreuzkriecher!«

»Errege dich nicht so, Duran! Murdo ist fort und keiner von uns wird ihn wohl wiedersehen.«

»Ich sehe, nach dem, was er uns gegenüber geäußert hat, die Notwendigkeit, diesen Pater und alle seine Aktivitäten ein wenig besser im Auge zu behalten.«

Crimor Castle

Iona hatte Davina und ihre Geschwister freundlich empfangen. Davina hatte Crimor Castle vom ersten Augenblick an gemocht. Hier würde sie mit ihren Geschwistern und dem neuen tierischen Mitglied ihrer Familie eine Arbeit und ein neues Heim finden.

Noch nie hatte sie eine eigene Schlafkammer für sich gehabt und in den letzten Jahren nicht einmal ein eigenes Schlaflager. Jahrelang hatte sie sich den Strohsack mit den Geschwistern geteilt. Es hatte ihr aber auch nie etwas ausgemacht. Jetzt hatte Iona sie in einem eigenen und ihre Geschwister in dem danebengelegenen Raum untergebracht.

Nun hatte sie ihren eigenen Raum mit einem Bett, auf dem eine Decke aus seidigem Fell lag. Ein Tisch mit Hocker und eine Truhe befanden sich im Raum. An der Wand hing ein Kerzenleuchter, gefertigt aus einem Geweih.

Sie straffte den Rücken und verließ die Kammer. Sie hatte jetzt an ihre Aufgaben und die Herrschaft zu denken, der sie in Zukunft dienen würde. Es war ihr etwas bange vor der Verantwortung, die sie tragen sollte, denn ein Castle war etwas anderes als ihre kleine Hütte. Iona hatte ihr am Abend noch gesagt, was für Aufgaben ihr zugedacht worden waren und Ayden hatte mit einem Nicken, lächelnd zugestimmt. Sie spürte, wie ihr bei dem Gedanken an ihn das Blut in die Wangen schoss. Sie würde ihn täglich sehen.

Davina betrat die Küche, niemand war dort und so sah sie sich erst einmal um. Im Raum befand sich eine offene Feuerstelle. Das Geschirr, das sich in Regalen befand, war aus Steinzeug und die Bretter aus Ahornholz. Allerlei Obst und Gemüse stand in Körben auf dem Boden. Gebäck, das verlockend nach Honig duftete, stand zum Abkühlen auf dem mächtigen Holztisch in der Raummitte.

Die gerade eingetretene Köchin, bemerkte sie erst, als die rundliche rothaarige Frau unmittelbar neben ihr stand.

»Nehmt nur eines der Stücke und probiert, ob es mundet«, sagte diese mit einem Lächeln auf den Lippen. »Aber passt auf, es könnte innen noch heiß sein.«

Vorsichtig biss Davina ein winziges Stück von dem angebotenen Backwerk ab und verdrehte, kaum das es seinen Geschmack in ihrem Mund entfaltet hatte, genussvoll die Augen. »Mmmh' das ist unglaublich gut«, lobte sie Bedelia und wischte sich ein paar Krümel vom Mund.

»Danke Mistress, es ist ein Rezept meiner Mutter.« Bedelia legte ihren Kopf etwas schief und lächelte. »Soll ich Euch die Vorratskammern zeigen? Da Ihr, wie Mistress Iona mir sagte, sie das Heft der Haushaltsführung an Euch weiterreichen wird, wenn sie uns eines Tages verlässt und Ihr dann als Hausdame, dem Haushalt unseres Laird vorstehen werdet.«

»Ja, das soll ich in der Tat, denn so wurde mir es angetragen.« Sie schlug ihre Wimpern nieder, senkte beschämt den Kopf und seufzte leise: »Ich muss gestehen, ich weiß nicht einmal, wie man diese Art von Haushalt führt!«

»Macht Euch keine Sorgen. Man kann alles lernen und zusammen werden wir es schaffen, unseren Laird zufrieden zu stellen.«

Sie hoffte, Iona und die Köchin Bedelia würden ihr dabei mehr, als nur beratend helfen.

Man soll sein Herz niemals verleugnen.

Sieben Tage nach ihrer Ankunft …
Davina trat durch das Tor, des von hohen Hecken umgebenen Gartens. Sie sollte an diesem Morgen Iona im Kräutergarten beim Jäten helfen.

»Du liebst meinen Bruder!«, bemerkte Iona lächelnd, kaum dass sie mit der Arbeit an einem der Beete begonnen hatten.

Davina sah auf und Iona mit vor Verlegenheit errötetem Gesicht an. Fasste sich aber rasch, um mit großem Eifer zu erklären: »Mistress Iona, ich bin Eurem Bruder äußerst dankbar, denn er hat mich vor Schaden bewahrt und somit auch meine Geschwister. Es ist Hochachtung und Respekt, welche ich für Euren Bruder, den Laird empfinde. Nicht mehr!«

»Unsinn! So wie ihr miteinander umgeht, steht es völlig außer Frage - ihr liebt Euch!«, beharrte Iona auf ihre Hacke gestützt.

Was sollte sie jetzt sagen? Bis jetzt hatte sie selbst ihre Empfindungen nicht in Worte fassen können. Über Gefühle redete man nicht. Sie selbst vermochte sie ja auch nicht richtig einzuordnen. Doch jetzt gelang es ihr nicht mehr, ihre Gefühle zu verbergen. »Ein wenig Herzklopfen, das hat er mir mit seiner Tapferkeit und Freundlichkeit schon bereitet. Ich bewundere unseren Laird sehr.« Davina seufzte: »Doch selbst, wenn es so wäre, dass auch er Empfindungen für mich hegen würde, Mistress Iona, es wäre wider aller Vernunft. Jeder Mensch sollte wissen, wo sein Platz ist! Ich halte Euren Bruder für einen überaus pflichtbewussten Mann, der genau weiß, was Eure Eltern und der Clan von ihm erwarten.«

»Es gibt in unserer Familie einen Unterschied zwischen Pflichterfüllung und Liebe. Pflichterfüllung ist natürlich eines der höchsten Güter, doch Gefühle und Glück sind etwas, das man braucht, um seinem Herzen viel Leid zu ersparen. Die Liebe wird daher bei uns noch um einiges höher geschätzt.« Iona lächelte. »Außerdem wird mein Bruder jemanden an seiner Seite brauchen, der ihm nicht nur den Haushalt im Cap führt, denn ich werde euch schon bald verlassen. Mit den Mägden und den Anweisungen, sowie den Abläufen in Küche und Haushalt kommst du mittlerweile doch schon sehr gut zurecht. Also werden wir uns heute Mittag dem Erlernen weiterer Aufgaben widmen.«

Davina war so erschrocken, dass sie fragte: »Wollt Ihr zu Euren Eltern zurück?«

Iona schüttelte verneinend den Kopf. »Nein! Ich bin so verwegen und folge meinem Herzen, so wie es meine Großmutter und Mutter einst taten. Sir Hewen, der Sohn eines Sassenach, der es schaffte, die Sympathie meines Großonkels zu gewinnen, dem werde ich folgen, um als seine Gemahlin mein Glück mit ihm zu finden. Sein Herr Vater schickte ihn für ein Jahr hierher, um Handelsverträge auszuhandeln, und wir haben uns in dieser Zeit ineinander verliebt.«

Iona sah über die Beete hinweg zu der Stelle am Rosenstrauch, an der Hewen sich von ihr verabschiedet hatte. Dann wanderten ihre Gedanken zu einem der Tage, kurz vor seinem Aufbruch zurück.

Sie war traurig gewesen und Tränen waren ihr in die Augen gestiegen. Hewen würde sie verlassen. Auch Urgroßonkel Wallace ging es schlechter, als am Tag zuvor und so schmerzte ihr Herz umso mehr. Sie hatte eilig die

Halle verlassen, während er noch unterhaltend mit anderen Clanleuten zusammenstand. Sie hatte sich auf den Weg in den Garten gemacht, um sich der Einsamkeit hinzugeben. Auf einer Bank hatte sie schluchzend den Tränen freien Lauf gelassen, als sie forsche Tritte von Schuhen auf dem Kiesweg vernahm.

»Warum bist du so schnell davongelaufen, Iona?«, hatte sie Hewens tiefe, ihr nur allzu vertraute Stimme vernommen. »Läufst du etwa vor mir davon?«

Langsam hob sie den Kopf. »Was wollt Ihr Hewen?«, fragte sie leise.

»Könnt Ihr es Euch nicht denken, Iona?« Schließlich war er in ein vertrauliches Du übergegangen. »Ich hatte den Eindruck, dass du für mich mehr empfinden würdest, und ich wollte mit dir darüber reden, bevor ich mich wieder auf den Heimweg mache.«

»Ich bin Schottin und du ein englischer Edelmann – so hat unsere Liebe keine gemeinsame Zukunft.«

»Sieh einer an – hast du es endlich ausgesprochen, dass auch du mich liebst!«

Ihre Wangen waren rot vor Verlegenheit geworden.

»Ich verbürge mich dafür, dass es für uns eine Lösung geben wird. Mach dir deswegen keine Sorgen«, sagte Hewen.

»Du hast leicht reden.«

Er hatte sie von der Bank gezogen, sie innig an sich gedrückt und voller Leidenschaft geküsst. Nur für einen Augenblick hatte sie alles um sich herum vergessen, dann mit einem energischen Ruck sich seiner entzogen. »Lass mich bitte. Ein gemeinsames Glück ist uns nicht beschieden. Du wirst morgen zu deinen Eltern zurückkehren.«

Er zog sie wieder an sich und raunte ihr ins Ohr: »Und ich werde wieder kommen und bei deinen Eltern um deine Hand anhalten, wenn ich von meiner Reise nach London zurück bin. Diese Reise, auch wenn ich lieber hierbleiben würde, ist für euch so wichtig wie für uns.«

Nachdem Urgroßonkel Wallace gestorben war, hatte sie Hewens Vater eine Nachricht geschickt und kurz bevor Ayden mit Davina angekommen war, hatte sie von Hewen eine Nachricht erhalten, dass er sich alsbald auf den Weg zu ihr machen würde.

Davina war sprachlos, starrte Iona zuerst nur mit offenem Mund an, bis sie die Frage hervorstieß: »Weiß es Ayden schon?«

»Er wird nicht erfreut sein, wenn er es erfährt. Doch befürchte ich seine Einwände am wenigsten. Meine Eltern und erst recht die Großeltern werden wohl alle ein wenig mehr schockiert darüber sein, dass ich ihnen die freudige Botschaft über einen ausgewählten Gatten, der dazu noch ein Sassenach ist, längere Zeit verschwiegen habe. Sir Hewen wird mich in den nächsten Tagen hier abholen. Wir werden zu meinen Eltern aufbrechen, damit er in geziemender Form um meine Hand anhalten kann. Auf dem Weg dorthin werden wir bei meinen Großeltern einkehren, so wie ihr es auf dem Weg hierher getan habt.«

Schockiert war Davina schon, als sie sich die Konsequenzen dieses Schrittes von Iona, aber auch für sich selbst ausmalte. Was Iona im Begriff war zu begehen, war tatsächlich eine Ungeheuerlichkeit für eine schottische Familie, dachte sie ein wenig beklommen und beneidete sie dennoch für ihren Mut. Einen Mut, der ihr gerade fehlte, wenn sie an die Aufgaben dachte, die sie in kurzer Zeit zu erlernen hatte. Weitere Pflichten der Leitung würden auf sie zukommen dazu gehörte dann wohl die Bewirtschaftung des gesamten Castles.

»Was für Aufgaben werde ich denn von Euch übernehmen müssen?«

»Also die Einkäufe, die Kontrolle der Ausgaben und Abgaben, Letzteres insbesondere dann, wenn Ayden nicht anwesend sein kann. Er wird es dir beibringen und Bedelia wird dir helfen. Wenn sie sich auch lieber in die Küche verzieht, ist sie dennoch eine große Hilfe, mit viel Erfahrung. Und wie ich dich einschätze, wirst du mit der Zeit zum guten Geist und zur Stütze des Clans werden.«

»Ich werde mein Möglichstes versuchen, bis der Laird eine Lady findet.«

Iona lächelte nur. *Die hat er in dir doch schon längst gefunden!*, dachte sie, sprach ihre Gedanken aber nicht aus.

»Lass uns weiter machen, damit wir hier fertig werden und ich dir nachher noch einiges über deine neuen Aufgabenbereiche erklären kann.«

An diesem Abend herrschte in der Halle eine ungewöhnliche Stille, als Davina nach dem Mahl den Tisch abräumte. Alle hatten sich zurückgezogen, nur Ayden stand noch da und starrte ins Feuer des Kamins. Er trug ein Hemd und das gegürtete Plaid. Das zweimal drei Meter große Stück dicht gewebten Wollstoffs umspielte seine bloßen Knie, war auf Höhe der Taille mit einem breiten Ledergürtel fixiert und nach oben hin gerafft, über Brust und Rücken drapiert. Es war ein Kleidungsstück, auf das er mit Stolz blickte, denn es waren die Farben des Clans dessen Oberhaupt, er seit Tagen war, gehalten durch eine Brosche mit den unverkennbaren Wappen – als untrügliches Zeichen seiner Herkunft.

Ayden hatte seinen Unmut bereut, kaum, dass er ihn gegen seine Schwester ausgesprochen hatte und sich bei Iona entschuldigt, nachdem sie ihm einige Worte an den Kopf geworfen und ihn gefragt hatte, ob er denn dann auch bereit sei, den Ruf seines Herzens zu ignorieren, nur weil das Mädchen, welches er liebte, aus der unteren Schicht des elterlichen Clans stammte.

Ayden hatte mit vor Empörung flammenden Augen gesagt, dass sie doch auch an Großvater Logan denken sollte, da Sassenachs dessen Eltern getötet hätten und einer von diesen, auch den Tod von seinem Onkel verursacht hatte. Iona hatte ihm daraufhin gesagt, sie jedenfalls würde ihrem Herzen folgen und ihm ins Gesicht geschleudert: »Das ihr euch traft, du und Davina, am letzten Tag bevor du unser elterliches Castle verlassen hast und hierher mit ihr aufbrachst, das war vom Schicksal schon längst vorherbestimmt! Trete meinetwegen dein Glück mit Füßen. Du wirst schon sehen, wie schmerzlich es werden wird, wenn einst ein anderer kommt und sie mit ihm geht, weil du zu feige warst deinem Herzen zu folgen. Sie jedenfalls liebt dich, würde aber aus Pflichtbewusstsein deines Standes wegen, auf dich verzichten. Ich verzichte aber auf meinen Liebsten nicht, selbst wenn mich meine eigene Familie deshalb verstoßen sollte.« Nach den Worten hatte sie die Halle verlassen wollen, doch er hatte sie zurückgehalten. »Was du vor hast, es wird einschlagen wie ein Hammer auf einen Ambos. Aber gut!«

Sie fuhr herum. »Wenn du der Ambos wärst, dann wäre ich im Augenblick nur zu gerne der Hammer, der auf dich einschlägt, Bruder.«

»Ich wollte dich nicht verletzen. Es gibt für alles eine Lösung. Dennoch«, fügte er bedächtig hinzu, »traue ich Engländern selbst nicht über den Weg.«

»Ich wüsste da schon einmal eine Lösung, die dich betrifft. Lerne ihn doch erst einmal kennen und dann fälle dein Urteil und nicht umgekehrt. Du wirst sehen, es gibt keinen Anlass, ihm zu misstrauen, geschweige denn einen Beweis dafür. Urgroßonkel Wallace hat ihm und seinem Vater auch vertraut und wie du den Büchern entnehmen kannst, ist er gut damit gefahren.«

»So soll es also geschehen, Schwester!«

Davina hatte alles ungewollt mitbekommen und war froh, dass die Geschwister sich wieder versöhnt hatten.

Ayden wandte sich zu Davina um. »Meine Schwester wird uns schon sehr bald verlassen. Mein einziger Trost in dieser Stunde ist, dass du bei mir bist.« Mit wenigen Schritten war er bei ihr, während er sagte: »Ich denke, sie hat Recht, es ist eine höhere Macht gewesen, die uns so kurz vor meiner Abreise zusammengeführt hat.« Mit gedämpfter Stimme fuhr er fort, während er ihre Hand ergriff: »Mit Worten vermag ich nicht annähernd zu schildern, wie sehr dein bloßer Anblick mein Wesen verwirrt hat und mit welcher Heftigkeit ich mich zu dir von Tag zu Tag mehr hingezogen fühle.« Sekunden später war sie völlig perplex und glaubte, nicht richtig zu hören: »Könntest du dir vorstellen, meine Gemahlin zu werden, Davina?«

Aus Dankbarkeit war innerhalb einiger Wochen in Davinas Herz längst Liebe geworden, so wie es Grace schon angenommen hatte, als ihr Sohn mit seiner Sünderin von dannen gezogen war, um sich als Laird zu bewähren.

Davina konnte keine andere Antwort außer ein gehauchtes »Ja«, über ihre Lippen bringen, so überrascht war sie.

Noch ehe sie wusste, wie ihr geschah, hatte Ayden sie an sich gezogen und küsste sie leidenschaftlich. Einen Moment lang war sie wie gelähmt, bis sie seine Küsse zaghaft erwiderte.

Als Ayden sich von ihr löste, bat Davina ihn, er solle seine Familie über seinen Antrag informieren und um eine Verlöbniszeit von einem Jahr. Nachdem sie ihm lächelnd erklärt hatte, er müsse natürlich ihren Bruder, als männlichen Angehörigen ihrer Familie, um ihre Hand und dessen Zustimmung bitten, hatte Ayden ernst geantwortet: »Das werde ich gleich morgen in der Frühe tun, da die Kinder wohl schon schlafen werden.«

Als sie später in ihrem Bett lag und über alles noch einmal nachdachte, kam ihr alles so irreal vor, aber es war so echt; Ayden wollte sie zur Frau.

Am nächsten Morgen, gleich nach dem Aufstehen, suchte Ayden Davinas Geschwister in ihrer Schlafkammer auf.

»Ich muss mit euch sprechen, Kinder.«

»Haben wir etwas falsch gemacht?«, fragte Arran beklommen.

Ayden schüttelte verneinend den Kopf. »Nein! Niemand hat etwas falsch gemacht. Doch ich möchte euch um eine Gunst bitten. Ich möchte eure Schwester zur Frau nehmen und euch um eure Zustimmung bitten. Vor allem dich Arran als männlicher Vorstand eurer Familie.«

»Warum fragst du dann uns und nicht sie?«

»Ich habe sie gefragt und sie ist einverstanden, wenn ihr ebenfalls zustimmt.«

»Wir haben gewiss nichts dagegen.«

In den nächsten Tagen hatte Davina viel um die Ohren, denn Iona forderte ihre volle Aufmerksamkeit.

»Ich werde dir«, die beiden Frauen waren nun zum du übergegangen, »allerlei Tinkturen und Salben, die zur Heilung verschiedener Gebrechen und Krankheiten von Nöten sind überlassen. Iona zeigte auf eine große Kommode. »In den Schubladen findest du Verbandsmaterialien, die man zur Versorgung von Wunden aller Art benötigt. Ich werde dir erklären, für was die Salben und Tränke sind, solltest du Kranke oder Verwundete versorgen müssen.«

Davina seufzte: »Wie soll ich das alles nur so schnell lernen Iona?«

»Ich weiß, du hast etwas Erfahrung in der Wundversorgung. Immerhin ist es kein Geheimnis mehr, dass du meinem Bruder geholfen hast, nachdem Arran ihn gefunden hatte. Jetzt stelle dich nicht unbeholfener dar, als du in Wirklichkeit bist. Die Heilerin aus unserem Dorf hat viel Erfahrung und wird dir auch helfen, also keine Angst vor einer solchen Aufgabe. Sie kommt morgen zu uns herauf. Jetzt werde ich dich erst einmal unterweisen, für was welche Salbe und Tinktur ist. Setz dich!«

Seufzend nahm Davina auf einem der Schemel Platz, den Iona vor die Kommode gestellt hatte.

Der Rest des Nachmittags verging schnell und ehe sie sich versah, war es Abend geworden und Zeit, sich zum Abendmahl in die Halle zu begeben. Sie stieg die Treppe hinauf zu ihrem Zimmert, legte ein frisches Gewand an und eilte in die Halle hinunter. Sie betraten die große Halle gerade noch rechtzeitig, als gerade das Essen aufgetragen wurde.

Sir Hewen

Eine Woche später erschien ein junger blonder Engländer, mit blassen Teint und sturmgrauen Augen, auf Crimor Castle.

Kaum hatte der Gast sein Pferd in die Stallung gebracht und war im Innenhof des Castle angelangt, da drang durch die offene Tür des Wohnturms eine Männerstimme zu ihm. »Ihr seid gewiss Sir Hewen! Für einen Sassenach seid Ihr ganz schön mutig Euch sehenden Auges in Gefahr zu begeben.«

Hewen musterte den jungen Highlander, dessen Haar lose mit einem Lederband zusammen gebunden war, aus verengten Augen, da dieser nun zur Gänze aus der Tür getreten war. »Wie meint ihr das?«, stieß er fragend hervor, denn dem alten Laird war er immer willkommen gewesen.

»Ihr seid doch hier, um meine Schwester zu holen.«

Jetzt war sich Hewen sicher, dies war der ältere Bruder seiner Liebsten und somit der neue Laird des Castle. »Wollt ihr mich etwa davonjagen, Laird Ayden?«, meinte er mit einem trockenen Lachen.

»Das ist durchaus nicht unwahrscheinlich!«, konterte Ayden.

»Dann muss ich Euch mitteilen, dass ich nicht ohne sie gehe! Eher friert die Hölle ein, als dass ich mein Heiratsversprechen Iona gegenüber nicht einlöse«, entgegnete Hewen seelenruhig.

Ayden musterte ihn.

»Eure so hoch geschätzte Gastfreundschaft, der ihr Highlander euch so rühmt, wäre mit Verlaub eine Möglichkeit, dass Ihr vielleicht auch erkennt, dass ich keine schlechte Partie wäre«, entgegnete Hewen seelenruhig.

Plötzlich huschte ein Lächeln über Aydens Lippen. »Hm, na gut. Wir sitzen gerade beim Abendmahl, ich lasse ein Gedeck für Euch auftragen.«

»Das ist sehr freundlich von Euch!«

Ayden kam mit einem breiten Grinsen direkt auf ihn zu. »Ihr habt aber auch hoffentlich vor, mit meiner Schwester zu unseren Eltern zu reiten, um dort Eure Aufwartung zu machen.«

»Allerdings, denn es gehört sich so.«

»Auf dem Weg, so sagte sie mir, habt ihr vor unseren Großeltern einen Besuch abzustatten. Großvater Logan mag Engländer besonders gern!« Letzteres sagte er ein wenig spöttisch.

Auf Hewens Gesicht erschien ein Lächeln. »Ihr habt etwas vom Humor Eures Urgroßonkels als Erbe abbekommen. Der Herr schenke Wallace Seelen Frieden!«, setzte er mit traurigem Gesichtsausdruck hinzu. Er hatte den alten Highlander wahrlich sehr gemocht. »Oder spekuliert ihr etwa darauf, dass Eure Schwester ledig bleibt, da euer Großvater mich erschlägt, weil ihm meine Abstammung nicht gefallen dürfte.«

»Sie scheinen mir mutiger zu sein, Hewen, als für Sie gesund sein könnte.«

»Das ist er!«, sagte Iona, schubste Ayden zur Seite, eilte in Hewens Arme, der sie sanft umfing, um sie dann ungeniert vor den Augen ihres Bruders zu küssen.

»Oh, gütiger Himmel, kommt schon herein und lasst uns speisen, bevor das Essen, wegen eurer zur Schau gestellten Zuneigung, noch kalt wird«, stieß Ayden belustigt hervor.

Gott Lob, etwas ist doch schon gewonnen! Sie werden sich gut verstehen, dachte Iona und sah mit einem Lächeln zu Boden.

»Hewen, lass das Gepäck stehen, man wird es in das Gästegemach hinauf bringen«, sagte Ayden die Förmlichkeit außer Acht lassend.

»Danke Ayden.« Hewen gab ihm beim Eintreten in den Wohnturm die Hand.

An der Hochtafel lernte Hewen Davina und ihre Geschwister Arran und die kleine Caitriona kennen. Er saß neben Iona, während er langsam mit seinem Daumen über ihren Handrücken fuhr und äußerte: »Lasst mich euch den Ausdruck tiefster Teilnahme aussprechen. Es schmerzt mich herzlichst, dass Wallace zu seinen Ahnen gegangen ist und ich nicht hier bei dir zur Stunde seines Todes war«, sagte er. »Ich habe ihn bewundert, wegen seines Bestrebens mit dem Fernhandel von hochwertigen Schaffellen seinen Clan in schwierigen Zeiten gut durchzubringen. Die Felle halfen meinem Vater, gute Beziehungen zu rheinischen Kaufleuten und so zu der deutschen Hanse aufzubauen, die ihre Guildhall* in London haben.«

Die jungen Paare verstanden sich von Anfang an gut.

Die Kinder stießen sich wissend lächelnd, mit dem Ellenbogen an. Als auch Ayden die Hand ihrer Schwester streichelte.

Nach dem Essen bedachte Ayden die beiden Kinder mit liebevollen Blicken, auch wenn er im strengen Ton sagte: »Geht Kinder, es ist Schlafenszeit für euch!« Dann befahl er auch seine Knechte und Mägde zur Ruhe.

Hewen war ebenfalls müde vom Ritt. Er leerte den Rest seines Kelches und gab ihn der Magd, die gerade das restliche Geschirr vom Tisch abräumte, bevor er sich Ayden zuwandte. »Ich bitte mich ebenfalls zur entschuldigen, ich möchte mich zu Ruhe begeben. Wie ihr wisst, wollen wir morgen sehr früh aufbrechen.« Er ließ seinen Blick zu Iona schweifen, beugte sich leicht vor, gab ihr einen Kuss auf die Wange und verabschiedete sich, mit den Worten: »Gute Nacht, meine Blume.«

Davina sagte ebenfalls gute Nacht. Sie wollte gerade gehen, da hielt Ayden sie zurück: »Hast du nicht etwas vergessen?«

»Was denn?«, sie sah sich fragend um.

Ayden lachte: »Eine ordentliche Verabschiedung zur Nacht natürlich.«

Sie stellte sich vor ihm auf die Zehenspitzen. »Sehr wohl, Laird!«

Er umfing sie mit beiden Armen, legte zärtlich seine Lippen auf die ihren und küsste sie. »Träume gut, Liebes!«

»Du auch!«, hauchte sie und entschwand.

Kaum war Iona mit ihrem Bruder alleine, da fragte sie leise: »Was hältst du jetzt von Hewen?«

»Er sieht blendend aus«, antwortete er. »Das Erscheinungsbild eines Engländers, wie er im Buche steht.« Seine Stimme nahm einen etwas spöttischen Tonfall an. »Großvater wird ihn sicherlich lieben.«

»Lass es gut sein, ich weiß, dass es nicht einfach wird. Bist du nun wenigstens geneigt einzugestehen, dass er keine so schlechte Wahl ist?«

Ayden schenkte ihr ein liebevolles Lächeln. »Schon gut. Ich gebe mich geschlagen und gebe zu, er ist sympathisch.«

Bereits im Morgengrauen war die Stunde des Abschieds. Iona und Hewen waren zum Aufbruch bereit.

Mit einer freundschaftlichen Geste legte Ayden seinem baldigen Schwager den Arm um die Schultern. »Die Begegnung mit unserem Großvater wird nicht einfach werden. Es wird einer geschickten Strategie bedürfen, um die Einwilligung für eure Vermählung von unserer Familie zu bekommen.«

»Ich bin ehrlich gerührt, ob deiner Besorgnis. Doch kann ich euch versichern, wir werden uns bei der Hochzeit zwischen deiner Schwester und mir wiedersehen, mein baldiger Schwager.«

Missmutige Highlander

Tage später erreichten Iona und Hewen das Castle von Ionas Großeltern und ritten durch den Torweg in den Vorhof hinein.

Iona nahm Hewen bei der Hand, als sie von den Pferden gestiegen waren und ihre Reittiere den Stallburschen zur Versorgung überlassen hatten, und führte ihn über den Hof durch das innere Tor zum Innenhof.

Die Freude über das Wiedersehen von Großvater und Enkelin wurde zunichtegemacht, als Logan MacRaily äußerst finster dreinblickte, als er erkannte, dass es sich bei dem Mann an der Seite seiner Enkelin, der gedachte ihnen seine Aufwartung zu machen, um einen Engländer handelte.

Unüberhörbar brachte Logan einen wüsten Fluch über Sassenachs auf Gälisch hervor.

Iona hoffte, dass Hewen darauf hin nicht irgendetwas von sich geben würde, das ihren Großvater noch mehr erzürnte.

»Ich weiß von Eurer Enkeltochter, dass Ihr Engländer nicht sonderlich mögt, Laird«, gab Hewen von sich, kam aber nicht weiter.

Logan zog die Brauen zusammen. Sein düsterer Blick wirkte stechend, als er ihm ins Wort plaffte: »Nicht sonderlich mögen ist etwas sehr untertrieben! Ich hasse solche wie Euch wie die Pest, vor allem wegen eurer Falchheiten.«

»Ich kann es nicht ändern, wenn dem so ist! Ich liebe Eure Enkeltochter nun einmal und habe keine Fehde mit Euch«, erklärte Hewen ruhig, auch wenn er innerlich angespannt und höchst empört war.

»Aber ich kann es ändern, indem ich zu verhindern weiß, dass Ihr sie ehelicht. Denn, dass sie das Weib eines Engländers wird, ist inakzeptabel für unsere Familie!«

Im Tonfall ihres Großvaters schwang mehr als Missbilligung mit, erkannte Iona. Sie unterdrückte ein Seufzen und trat zwischen die beiden Männer. »Großvater, bevor du dich an ihm vergreifst, verstehe endlich, ich bin kein Kind mehr, dass du gegen einen angeblich ach so bösen Engländer beschützen musst.«

»Du bist meine Enkeltochter und daher ...«

»Das bin ich! Du bist mein Großvater, aber nicht mein Vater und Vormund!«, unterbrach sie ihn. »Wenn es mir nicht so am Herzen läge und du und Großmutter mir nicht so wichtig wärt, dann würde ich jetzt nicht mit Hewen hier sein. Du solltest daher begreifen, ich bin mittlerweile erwachsen und habe meine Entscheidung getroffen wem mein Herz gehört. Du kannst auch nicht jeden Engländer, mit denen in eine Waagschale werfen, die dir Unrecht antaten. Ich erbitte von dir Gastfreundschaft für meinen künftigen Gemahl und ein Quartier für die Nacht.«

»Ich werde keinen verdammten Sassenach in diesem Castle willkommen heißen!« Logan funkelte den jungen Engländer zornig an. »Was ist Sassenach? Verschwinde gefälligst oder ...«

Hewen öffnete den Mund, aber Iona kam ihm wieder zuvor. »Oder was, Großvater?«, fragte Iona mit ironischer Schärfe in der Stimme. »Willst du etwa die Höflichkeit gegenüber einem Gast vergessen, auf die jeder Highlander - selbst du - so stolz seid? Selbst zu Männern, die aus einem verfeindeten Clan sind und um Gastfreundschaft ersuchen, bist du freundlicher.«

Ihr Liebster stand neben ihr und hatte mittlerweile eine Miene aufgesetzt, der man ansah, dass er am liebsten schleunigst Reißaus genommen hätte.

»Du hast in der Zeit bei Onkel Wallace, einen ziemlich tollkühnen Charakter entwickelt, da du es hier in meinem Cape wagst, mich als Laird an meine Pflichten als Gastgeber erinnern zu wollen, Mädchen. Ich werde bei dem da keine Rücksicht darauf nehmen! Der Kerl ist nichts für dich!«

»Was ist die Ursache dieses gewaltigen Aufruhrs und warum brüllst du so, Logan?«, erklang eine vernehmbar ungehaltene Stimme.

Logan fuhr zu seiner im Hof erschienenen Gemahlin herum. »Deine sonst so tugendhafte Enkeltochter hat uns einen Sassenach angeschleppt und behauptet, sie wolle seine Frau werden.«

»Das dem so ist, das dürfte jetzt nicht nur hier im Keep, sondern auf unserem gesamten Land bekannt sein. Halb so laut hätte der Disput mit unserer Enkelin auch gereicht. Reiß dich zusammen, Logan!«

Der scharfe Ton ihrer Großmutter war nicht so bös gemeint, wie er klang. Aber sie hatte, wie schon oft, ein Machtwort gesprochen, das ihren Großvater zur Mäßigung zwang.

»Dich schickt der Himmel, Großmama«, stieß Iona hervor.

Màiri mittlerweile ergraut, sah zu ihrer Enkelin und dem jungen Mann hin.

»Das ist Lord Hewen of Engwood. Urgroßonkel Wallace hat ihm vertraut!«

»Seid uns willkommen Lord Engwood!« Dabei zog Màiri ihre Enkelin in die großmütterlichen Arme und herzte sie, bis sie Iona wieder etwas von sich schob. »Nun, lass dich mal anschauen! Richtig glücklich siehst du aus. Aber müde!«

»Letzteres bin ich in der Tat ein bisschen!«

»Dann lasst uns in den Wohnturm gehen, damit ihr etwas zu Essen bekommt und Euch danach zur Ruhe begeben könnt.«

»Habt Dank für Eure Gastfreundschaft«, sagte Hewen und verneigte sich. »Seid gewiss MyLady, dass wir Ihre Gastfreundlichkeit nicht über Gebühr in Anspruch nehmen werden. Wir werden Euch morgen wieder verlassen.«

»Werdet jetzt nicht auch noch unverschämt, Sassenach Bursche!«, grollte Logan. »Hütet Euch, sonst zankt sie auch mit Euch! Die lose Zunge ist nämlich ein weibliches Übel in unserer Familie.«

Màiri fuhr herum. »Ich zanke nur mit dem, der's verdient hat, Logan!« Danach lächelte sie Hewen an. »Ihr müsst wissen, Sir Hewen, Unbeherrschtheit ist zum Teil ein Übel der Männer unserer Familie, die sie oftmals sogar in große Schwierigkeiten damit bringt. Einer von uns ist jedoch immer wieder einmal zu dumm, um es zu begreifen! Aber belassen wir es dabei und es jetzt gut sein. Was mich interessiert, wie geht es eigentlich Ayden, seinem Mädchen und ihren Geschwistern?«

»Gut! Ich bin mir sicher, die beiden haben aneinander auch ihren Seelenpartner gefunden.«

»Auch?« Unmerklich verzogen sich Logans Lippen zu einem Grinsen. »Wer denn noch?«

Màiri schüttelte den Kopf und seufzte: »Logan… bitte führe unseren baldigen Schwiegerenkel in den Wohnturm und zur Tafel. Und sei so gut, lasse deine Anfeindungen gegen ihn. Niemand kann etwas dafür, wohin und in wessen Familie er geboren wurde.«

Ohne Widerrede, doch mit deutlicher Missbilligung tat Logan, um was Màiri ihn bat.

Zuerst liefen die Männer schweigend nebeneinanderher, bis Logan das Schweigen brach: »Erzählt mir ein wenig von Euch. Wo lebt Eure Familie?«

»Im Grenzland zwischen dem Hochland und den Lowlands, Laird MacRaily. Wir haben aber auch noch Besitz in England, in der Nähe von London.«

»Geht es auch noch etwas genauer, was den angeeigneten Besitz in Schottland angeht?«, brummte Logan. »Oder habt Ihr Angst, ich könnte Eurer Familie mit meinen Männern dort einen Überraschungsbesuch abstatten?«

»Ein Überraschungsbesuch wird nicht von Nöten sein, Laird MacRaily, Ihr werdet von uns offiziell zum Hochzeitstermin eingeladen. Unsere Burg liegt zwischen Loch Lomond und Buthehille*. Einst aus nur hölzernen Wänden von Euren Landsleuten errichtet, wurde sie im Lauf der Jahre von uns durch dicke, doppelwandige Steinmauern ersetzt und mit Geröll aufgefüllt. Die Mauern sind somit nicht niederzubrennen und man kommt als ungebetener Gast auch nicht so schnell hinein. Eure Enkeltochter, wird als meine Gemahlin, dort sehr sicher sein vor jeglichen Angriffen.«

»Verflixt noch eins! Eure Worte strotzen ja von gewaltigem Idealismus.«

»Meint ihr in Bezug auf die Burg oder auf die Gewissheit meiner Eheschließung mit Eurer Enkeltochter, Sir?«

»Da ist sie ja wieder, die englische Überheblichkeit.«

»Wie Ihr nur zu gut wissen dürftet, Laird, in jedem Land gibt es schlechte und auch überhebliche Menschen, die sich überschätzen.«

»Was meint Ihr damit?«

»Euer Schwiegeronkel Wallace hat mir so einiges über Euch und die Familie erzählt, Sir. Also gebt mir die Möglichkeit, meine Loyalität zu Eurer Familie erst einmal beweisen zu können. So wie Sir Wallace Euch gegenüber einst und Ihr gegenüber ihm, und wie ihr es gegenüber Eurem Schwiegersohn tatet.«

»Da gibt es nur einen kleinen Unterschied, wir sind allesamt Schotten.«

Hewen zuckte die Achseln und grinste belustigt. »Wenn Iona und ich Kinder haben, dann werden diese Halbschotten sein. Ich kann mit dem kleinen Makel Eurer Urenkel leben und denke, dass Ihr als Urgroßvater an unseren Kindern viel Freude haben werdet.«

»Zum Donnerwetter«, rief Logan halblaut aus. Er dachte, er wüsste schon, was auf seine Frage gleich für eine Antwort kommen würde. »Sie ist doch nicht etwa schon guter Hoffnung?« Doch er hatte sich getäuscht.

»Nein! Wir wollen damit warten bis nach der Eheschließung. Immerhin bin ich ein Engländer mit guter Erziehung und kein rachedürstender Schotte.«

Nun lachte Logan aus vollem Halse und stieß prustend hervor, während er eine Hand auf Hewens Schulter legte: »Keine Sorge, Bursche, du hast's freilich schlau angefangen, so werde ich versuchen, mich an den Gedanken zu gewöhnen, dass ein Teil meiner Urenkelkinder halbe Sassenachs sein werden.«

»Ich kann es kaum glauben, dass ich den Sassenach mag«, sagte Logan, kurz nachdem seine Enkeltochter mit ihren

Zukünftigen aufgebrochen war, nachdem aus dem einen Tag, drei Tage des Aufenthaltes geworden waren.

Logan hatte Hewen vor den Aufbruch einen Dirk - einen Dolch mit filigranem floralem Muster mit den Worten überreicht:»Der ist für Dich, ehre ihn wie meine Enkeltochter. Und Gnade dir Gott, wenn dem Mädchen etwas passiert.«

Die Scheide bestand aus mit Leder überzogenem Holz und verfügte sowohl über ein Mundblech und abgeflachtes Ortblech, als auch über eine breite Gürtelschlaufe, so dass dieser sich bequem am Gürtel tragen ließ. Hewen hatte sich herzlich bedankt und Logan einfach in seine Arme gezogen.

Màiri lächelte.»Duran und unsere Große, sie werden ihn sicher auch mögen.«

Drei Tage später, am späten Mittag erreichte Iona mit Hewen das elterliche Castle. Sie trafen zuerst auf ihren Bruder, der sich im Innenhof befand. Seine braunen Augen wurden vor Überraschung ganz groß, als er Hewen sah und seine Schwester ihm erklärte, dass sie den Mann zu heiraten gedachte.

»Ähm ... Ich weiß nicht, ob das klug ist, es Vater heute zu sagen. Er ist momentan nicht gerade bei bester Laune.«

»Wir waren bei den Großeltern, Großvaters schlechte Laune hat mich nicht gestört und Angst vor den Folgen habe ich auch nicht gehabt. Meine Entscheidung ist getroffen, es geht um meine Zukunft, also werde ich sie unseren Eltern mitteilen«, sagte Iona und war offenbar zu laut geworden. Ohne sich jedoch um die fragenden Blicke der Anwesenden im Hof zu kümmern, ging sie zur Tür des

Wohnturms. »Ich muss mit unseren Eltern reden, und zwar sofort.«

»Ich wünsche euch viel Glück!«, erwiderte er. »Wir sehen uns dann wohl später, ich habe für Vater einen Auftrag zu verrichten.«

So erwartete Hewen von Laird Duran, dem Vater seiner Liebsten, ein ähnliches Verhalten, wie bei ihrem Großvater Logan.

Sie betraten die große Halle. Dort war es ziemlich ruhig, nur zwei Stimmen waren vom Kamin her zu vernehmen.

»Das sind meine Eltern«, sagte Iona leise, atmete tief durch und durchquerte den Saal. Ihr Vater stand neben der Feuerstelle und blickte ihre Mutter an, die in einem Sessel saß, als er sagte: »Glaubt er etwa, dass wir zu dumm sind, um seine Methode zu durchschauen! Er wird uns Rede und Antwort stehen müssen! Morgen werde ich...«, er sah gerade in ihre Richtung. »Oh, sieh´ Grace, da ist ja unsere Tochter!«

Grace sprang vom Sessel auf. »Ah, mein Mädchen, endlich bist du wieder bei uns, wie ich mich freue.«

»Ich freu mich auch.«

Beide schlossen sich in die Arme. Bis ihr Vater fragte: »Wer ist das?« Er hörte sich an, wie ein aus dem Winterschlaf erwachter Höhlentroll – ebenso grollend und dunkel.

Zögernd stellte Iona ihren Geliebten vor und erzählte von dem Aufenthalt bei den Großeltern.

Die Arme vor der Brust verschränkt und mit finsterem missbilligenden Blick, sah Duran Hewen an, sagte aber nichts, bis Iona zu Ende geredet hatte. Dann griff er nach dem Krug mit Whisky, der auf dem Tisch zwischen den

Sesseln stand, goss sich davon in einen Becher und nahm einen kräftigen Schluck.

»Was sagst du dazu?«, wandte er sich an Grace, als er nach einem weiteren großen Schluck das leere Gefäß etwas unsanft auf den Tisch gestellt hatte.

Iona warf ihrer Mutter einen Hilfe suchenden Blick zu.

Grace zuckte die Achseln. »Ich hatte nicht vor etwas dazu zu sagen. Außer, dass ich hoffe, dass die beiden ebenso glücklich werden, wie wir«, erwiderte sie. »Meine Eltern scheinen auch nichts gegen ihn zu haben, wie du eben erfahren hast.«

»Himmel, Arsch und Wolkenbruch, bedeutet das etwa, ich soll den Antrag dieses Sassenach einfach so akzeptieren, weil dein Vater keine Einwände gegen eine solche Verbindung hat? Iona ist unsere Tochter!«, stieß Duran hervor. Er herrschte Hewen an: »Wollt Ihr noch einmal die Sonne heute Abend untergehen sehen, dann überlegt Euch Eure nächsten Worte gut! Was wollt Ihr, damit Ihr meiner Tochter entsagt?«

»Ich bin kein solcher Narr, Laird, dass ich mein Herz gegen etwas eintausche, das mir zwar etwas Reichtum aber Kummer und Elend bringt. Ich gebe sie nicht auf, selbst wenn es das Einzige sein sollte, was mein Leben zu retten vermögen sollte. Ich bestehe auf meinen Antrag.«

Duran seufzte gespielt, warf einen Blick zu den beiden Kampfäxten, die als Wandschmuck über dem Kamin hingen und bedachte Hewen mit einem lauernden Gesichtsausdruck. »Nun gut, wie Ihr wollt!« Sein Gesichtsausdruck, wie er feststellen konnte, verursachte in dem Eheanwärter seiner Tochter ein unbehagliches Gefühl, doch verzog er keine Miene; nur das Zucken eines seiner

Augenlider verriet ihn. Iona hingegen wirkte so entsetzt, dass er sich kaum das Lachen verkneifen konnte.

»Vater!«

Er zuckte mit den Achseln. »Das war ein Scherz! Aber meine Zustimmung erfolgt derzeit nur widerwillig.« Er machte eine dramatische Pause. »Wir bestehen darauf Euch erst besser kennenzulernen, Sir Hewen.«

Es war ein ergreifender Augenblick, als Iona ihrem Vater nach diesen Worten mit einem Freudenschrei um den Hals fiel. Dann wandte sie sich um und drückte Hewen einen Kuss auf die Wange.

»Genug, es wird bald gegessen. Also zeig ihm das Gästezimmer und macht euch frisch.«

Es dämmerte bereits; die ersten Fackeln im Hof wurden angezündet. Es war Zeit sich auf den Weg in Richtung der Halle zu begeben. So verließ Davina ihr Gemach.

Hewen schlüpfte gerade in frische Kleidung, als es an der Tür klopfte und sie gleich darauf geöffnet wurde. »Bist du fertig? Meine Eltern erwarten uns zum Abendmahl.«

»Ja ...«, seufzte er, »Ich bin bereit zum nächsten Verhör, ob ich für dich als Ehemann tauge.«

»Du hast meinen Großvater davon überzeugen können, dass du der richtige Mann für mich bist, also siehe es nun als eine weitere Hürde an, die du bezwingen wirst.«

»Und was ist, wenn deine Eltern mich am Ende unseres Aufenthaltes hier dennoch nicht akzeptieren?«

»Das wird schon, mein Liebster.«

Die Gespräche an diesem Abend waren noch sehr förmlich, doch im Lauf der folgenden Tage entwickelte sich alles zum Guten.

Am Tag vor ihrer Abreise hörte sie ihren Vater sagen: »Ich kann dir nur sagen, die Frauen dieser Familie können zu kleinen Kobolden werden, wenn man es sich mit ihnen verscherzt.«

Iving lachte. »Vater, lass dies Mutter besser nicht hören, denn dann hat nicht Hewen ein Problem, sondern du, das kann ich dir sagen.«

Hewen musste herzhaft lachen. »Könnte es vielleicht sein, dass schottische Frauen mit schottischen Männern etwas rauer umspringen als mit galanten Engländern?«

»Er könnte das Glück haben, Vater«, sagte Iona nun laut.

»Daran zweifle ich nicht. Und ihr wollt wirklich nicht noch ein paar Tage länger bei uns bleiben, jetzt wo wir ihn mögen.«

»Nein Vater, seine Eltern warten auf uns.«

Herzliches Willkommen

Sie waren zwei Wochen unterwegs, nun ritten sie durch ein mäßig tiefes Tal und dann erhob sich Dearig Castle vor ihnen. Die Fahne, welche anzeigte, dass sich der Gebieter innerhalb der Ringmauern befand, hing leicht im Wind wedelnd an ihrem Fahnenstabe hoch oben am Wohnturm. Man konnte die Wachen auf der Mauer erkennen. Wachsam schritten diese dort auf und ab.

Iona schossen tausend Gedanken durch den Kopf: *Würde sie seinen Eltern wirklich willkommen sein? Wie würde sich das Leben hier gestalten?* Sie zügelte ihre Stute: »O Hewen,« sagte sie, »mir ist doch etwas bang ums Herz, wenn ich an die Begegnung mit deinen Eltern denke.«

»Fürchte nichts wegen meiner Eltern, Liebste,« erwiderte er, »sie lieben mich, und sie werden das einzige Wesen, das ihren Sohn glücklich macht, ebenso lieben, wie ich dich. Komm, lass uns vorwärts reiten.«

Sie ließen die Pferde im Vorhof bei den Stallknechten zurück und begaben sich zum Wohnturm hinauf. Kurz darauf standen sie im inneren Hof der Festung. Der hohe Turm, das Befestigungsstück mit seinen viereckigen Seiten und den daneben liegenden weiteren Wohngebäuden, war mächtig.

Der Earl und seine Frau erwarteten sie bereits. Beide begrüßten ihren Sohn herzlich und dann sahen sie zu Iona hin, die einige Schritte entfernt stehen geblieben war und steife englische Etikette zu ihrem Empfang erwartet hatte.

Was für eine hübsche, schlanke Frau, mit vornehmen Profil, in die sich unser Sohn verliebt hat, dachte Lady Rowena bei sich. »Seid uns herzlichst willkommen Iona.« Der Gesichtsausdruck der Lady deutete auf eine große Herzensgüte hin, wie Iona für sich erkannte. Ihre zukünftige Schwiegermutter breitete gerade einladend die Arme aus, sah Iona lächelnd an, was die Bestimmtheit ihres Vorsatzes ausdrückte, sie in die Arme nehmen zu wollen. Im ersten Augenblick war Iona etwas befremdet, so dass sie zögerte, wagte dann aber doch den Schritt sich von Hewens Mutter in die Arme schließen zu lassen. Auch der Earl behandelte sie mit einer so ungezwungenen Vertrautheit, mit der sie niemals gerechnet hätte, denn er küsste sie zur Begrüßung auf die Stirn. Iona konnte sich nichts Besseres wünschen; denn als Schottin unter so vielen Engländern zu sein, war nicht so einfach, selbst wenn man einen Engländer liebte und sich noch auf heimatlichen Boden befand.

Dann folgte sie ihnen an Hewens Arm hinein in ihr neues Zuhause, während Bedienstete das Gepäck brachten, das sie im Vorhof zurückgelassen hatten.

Iona, an die alltägliche Arbeit einer Burgherrin gewöhnt, hatte nach den ersten Tagen der Ruhe die Hoffnung gehegt, auch hier im Haushalt Aufgaben übernehmen zu können, und war bitter enttäuscht, nichts zu tun zu haben, da die Bediensteten ihr alles abnahmen.

Die feuchteste und windigste Zeit des Jahres hatte gerade begonnen und war von wechselhaftem und stürmischem Wetter geprägt. So war man an den Aufenthalt im Castle gebunden. Iona dachte an ihre Familie und die Freunde. Es waren nur noch ein paar Tage bis Weihnachten. Auf deren Castles würden dreitägige Andachten mit Fastenzeit im Kreise der Familie und engsten Freunde stattfinden. Danach würden wohltätige Aktivitäten, bei denen sie selbst immer jede Menge zu tun gehabt hatte, beginnen und auch für das darauf folgende Hogmanay, das schottische Neujahrsfest. Im Gegensatz zum Weihnachtsfest war Hogmanay bei schottischen Familien eine feuchtfröhliche Angelegenheit und der wohl fröhlichste aller Feiertage, bei dem traditionell der zwölfte Monat des Jahres und das Kommen des neuen Jahres gehuldigt wurden.

Als Hewen der traurige Ausdruck in ihrem Gesicht auffiel und er sie auf andere Gedanken bringen wollte, machte er ihr den Vorschlag, doch ein Werk über die von ihr verwendeten Heilpflanzen zu verfassen. Er überreichte ihr dazu besonders edles Pergament, eine Feder mit goldenem Federhalter und Tinte in schwarz und rot. Da seine Mutter sehr gut zeichnen konnte, schlug er vor, dass diese sich um die Illustrationen des Werkes kümmern könnte. Mit Freuden gingen die beiden Frauen darauf ein. So waren die Tage ausgefüllt und sie lernten sich noch besser kennen und schätzen.

Mittlerweile war es Neujahr, auch im Flachland hatte der Schneefall eingesetzt. Bittere Kälte zog durch die Fugen der mit Holzläden verschlossenen Fenster der Kemenate.

Einige Wochen arbeiteten die beiden Frauen jetzt schon gemeinsam an dem Werk, in der Fensternische sitzend, um das spärliche durch die Fensterläden fallende Licht auszunutzen, so waren mittlerweile einige Seiten mit nützlichem Wissen um die Wirkung von Heilkräuter entstanden; Andorn mit seiner kreislaufanregenden und harntreibenden Wirkung, Baldrian zur Beruhigung, Bärlauch mit seiner antibakteriellen Wirkung zur Behandlung von Wunden und Infektionen, Belladonna, Beinwell, Eisenkraut, Fingerhut, Meeresalgen, Pfefferminze und Weidenrindenextrakt.

Lady Rowena winkte gerade lächelnd ab und zog ihr Tuch enger um die Schultern. »Davon Liebes, verstehe ich nichts! Dieses zusammenstellen von Salben und Tinkturen ist nicht so das meine. Ich bin die Malerin in unserer Familie und du die Heilerin. Es ist gewiss besser für die Kranken, wenn jeder von uns, wie der Schumacher, bei seinen Leisten bleibt. Aber ich denke unsere junge Burgheilerin wäre dir gewiss sehr dankbar, wenn du ihr deine Erfahrung weiter gibst. Doch lass uns für heute aufhören und zu einem späteren Zeitpunkt weitermachen«, schlug sie vor. »Wir sollten hinunter in die Küche gehen und dort bei einem heißen Gewürzwein über die Vorbereitungen für eure Vermählung reden. Denn unsere Bräuche sind sicher ein wenig ungewohnt für dich. Da wäre auch noch die Gästeliste, die wir erstellen müssen. Wem von deiner Familie und Freunden sollen wir eine Einladung zukommen lassen?«

Iona legte das Pergament, das sie gerade beschrieben hatte zur Seite und zählte alle auf, doch als sie zu den Großeltern mütterlicherseits kam, machte sie ein besorgtes Gesicht.

»Du machst dir anscheinend gerade Sorgen, dass dein Großvater Logan Probleme bekommen könnte, falls er seine Abneigung gegen unser Volk bei seinem Aufenthalt hier nicht für sich behalten könnte. Das ist völlig unberechtigt. Hewen hat uns von seiner Begegnung mit ihm berichtet.

Oder überlegst du, was zu tun ist und wie du selbst damit ins Reine kommen könntest, sollte er die Einladung zu eurer Hochzeit ablehnen?«, sagte ihre zukünftige Schwiegermutter ihr auf den Kopf zu.

»Ihr könnt wohl Gedanken lesen?« Iona war überrascht, aber gleichzeitig auch erleichtert, dass ihre Schwiegermutter ihr Dilemma verstand.

»Lade ihn beruhigt ein! Es ist doch dein größter Herzenswunsch all deine Großeltern dabei zu haben.« Rowena warf ihr einen beruhigenden Seitenblick zu und lächelte.

»Ich bin so froh, dass Ihr damit einverstanden seid.«

»Es ist deine Familie und wird somit auch die von Hewen.«

Hochzeit im Grenzland

Robert Bruce, der Ur-Ur-Ur-Ur-Enkel König Davids I, griff nach der schottischen Königswürde. Am 12.03.1306 ließ sich Robert I., bekannt als Robert the (Roibert a Briuis) Earl of Carrick, in Scone zum König von Schottland krönen. Doch die meisten Schotten misstrauten ihm und viele Angehörige des schottischen Adels verweigerten ihm aufgrund der Loyalität zu Edward I von England zunächst die Unterstützung. Für König Edward war die Krönung nichts anderes als Usurpation und Rebellion, denn Robert brach damit nicht nur den von ihm geleisteten Eid, sondern stahl zudem John Balliol seinen royalen Titel. Robert war zunächst ein so gut wie machtloser König, zwar mit Titel, aber noch keinem Land, das er regieren konnte.

Zum 30. März 1306 waren Ionas Familie, mit weiteren Gästen zur Hochzeit auf die Burg der Eltern von Hewen geladen. Ionas gesamte Familie aus den nördlichen Highlands hatte sich auf den Weg dort hin gemacht. Es war eine wunderbare und ruhige Zeit, um das schottische Hochland zu durchqueren, denn das Wetter war gut und in den Tälern blühten Narzissen, Hasenglöckchen und Rhododendren.

Steil ragten die Mauern der wehrhaften Burg empor, die auf einer kleinen Anhöhe stand. In regelmäßigen Abständen befanden sich schmale Schießscharten in dem Mauergang zwischen den Flankentürmen. Selbst aus der Ferne war der Bergfried als imposantester Bauteil der Festung zu erkennen.

Am seitlichen Fuß der Burg lag eine kleine Siedlung, in der man neu entstehende Gebäude erkennen konnte.

Wer ins das Innere der Burg wollte, der musste durch das von englischen Wachen bewachte Torhaus mit Fallgitter, um in den unteren Burghof zu gelangen.

Niemand hielt sie am Tor auf, doch Logans Unruhe steigerte sich, als er die grimmigen Gesichter der Burgwachen sah. Es kam ihm nicht in den Sinn, dass er ebenso grimmig dreinschaute.

Als sie im Hof der Vorburg mit seinen Ställen, Lagerräumen, Schuppen, Gesindehäusern, Werkstätten und einem Brunnen in der Mitte, von den Pferden abstiegen, kamen ein paar Pferdeknechte auf sie zugeeilt. »Wir werden uns um Eure Pferde kümmern - wenn Ihr wünscht«, sagte einer der Knechte und neigte sein Haupt.

Kaum waren ihnen die Zügel abgenommen und die Tiere in eine Stallung geführt, kam ein Mann mit kurzen schwarzen Haaren, braunem Überrock und Kettenhemd, dazu Beinlinge, die in braunen Stiefel steckten, eine der Treppen des aus Holz errichteten Wehrgangs heruntergeeilt und auf sie zu. Er vertrat ihnen den Weg. »Ich bin Burghauptmann Braden. Mir könnt ihr Eure Waffen anvertrauen, wenn es euch nichts ausmacht.«

Logan, der direkt vor dem Engländer stand, hob die Augenbrauen und sah den Mann missgelaunt an. »Wie geschnörkelt, englisch formuliert!« Hier sagte man anscheinend nicht direkt, was man meinte, wenn man jemanden entwaffnen wollte! »Es macht uns jedoch schon etwas aus!«, gab er dem Engländer ungehalten zur Antwort.

Die Gesichtszüge des Engländers verhärteten sich. »Daran zweifle ich nicht, dennoch muss ich Euch darum bitten.«

Logan erwiderte dessen Blick ungerührt. »Unsere Waffen, die geben wir nicht aus der Hand. Somit schlage ich vor, Ihr macht den Gästen eures Earls den Weg frei. Oder glaubt Ihr, Ihr könntet uns mit Gewalt entwaffnen?«

»Seid gegrüßt!«, hörten sie eine Stimme. Es war Hewen. Er machte eine abwinkende Geste. »Burghauptmann, lasst es bei der Familie meiner Verlobten gut sein! Ich geleite meine künftigen Schwiegereltern, meine baldigen Schwiegergroßeltern und deren Familien selbst hinauf. Lasst Ihr das Gepäck nach oben bringen und begebt Euch wieder auf Euren Posten.«

»Ich verstehe«, sagte der Engländer und nickte. »Ihr entschuldigt mich MyLord, denn die Pflicht ruft!«, setzte er hinzu und sah Logan dabei scharf an.

Hewen richtete sich an Ionas Familienangehörige und begrüßte alle freundlich, während Braden davon marschierte. Danach führte er sie über den Zwinger einmal um die gesamte Westseite der Burg herum, um schließlich durch ein weiteres Tor aus schwerem, dicken Holz, das mit einer Eisenpanzerung versehen war, den oberen Burghof und herrschaftlichen Wohnbereich der Burg betreten zu können.

Das eigentliche Wohngebäude der Herrschaft war ein eckiges Bauwerk in dem sich die Gemächer des Burgherren und der Burgherrin befanden, ebenso die Wohnräume von Hewen und Iona, einige Kemenaten ihrer höchsten Bediensteten befanden sich ebenfall dort, sowie einige Gästegemächer und der große Saal. Daneben erstreckte sich ein flaches Gebäude und auf der anderen Seite befand sich eine Kapelle.

Iona stand mit einem breitschultrigen, schlanken Mann, der etwa um die fünfzig war und einer Frau mittleren Alters, im Eingang des Portals. Man sah den beiden schon an ihrer Kleidung an, dass sie einen höheren gesellschaftlichen Rang bekleideten. Als Iona ihre Familie durch das Tor treten sah, lief sie freudig lachend die Treppe hinunter auf sie zu und begrüßte sie. Dann stellte sie den Schwiegereltern ihre Eltern und ihre Familie vor. »Das sind meine zukünftigen Schwiegereltern. Um genauer zu sein – Earl Adalar of Engwood und Lady Rowena of Engwood.« Sie nannte die Namen jedes ihrer Familienmiedglieder, auch den von Davina und deren beider Geschwister.

Earl Adalar of Engwood äußerte: »Es freut mich so viele Highlandlords und Ladys in unserem Zuhause willkommen heißen zu können.«

Er und seine Gemahlin begrüßten alle höflich und schüttelten ihnen die Hände. Der Earl machte eine einladende Handbewegung. »Tretet bitte ein und kommt mit uns in die große Halle, dort haben wir einige Speisen bereitstellen lassen. Die Dienerschaft wird sich derweile um das Gepäck kümmern.«

Die Tischgespräche vergingen mit allgemeiner Konversation, bei der der Gastgeber im Laufe der Gespräche die Führung übernahm. »Wir haben mit Hilfe und dem zu Rate gezogenen Festungsbaumeister des Königs die Burg unter Aufwand einiger finanzieller Mittel zur Festung ausgebaut. Ich als selbstständiger Herr über die Besitzung bin bestrebt, die Bewohner meines Herrschaftsgebietes und die Unstimmigkeiten mit euch Schotten, aufs gütlichste in den Griff zu bekommen und jede Einmischung in mein Vorgehen von außen zu verhindern. Im Schutz der Vorburgburg und im Dorf siedeln sich immer häufiger Kaufleute und Handwerker an, die mit beiden Seiten Handel betreiben. Auch hatte ich meinen Sohn ausgeschickt um Handelspartner in den nördlichen Highlands zu finden, da wir mit Deutschland Handel betreiben. Bei Laird Wallace war er willkommen. Mit anderen Lairds«, er sah mit einem flüchtigen Blick zu Logan hin, »gab es Schwierigkeiten, denn sie trauten ihm wohl nicht. Mein Sohn erzählte mir, manch ein Highlander verhielt sich ziemlich, na wie soll ich es sagen … barbarisch, trotz der von euch so hoch gelobten Gastfreundschaft.«

Logan presste die Kiefer aufeinander. Jetzt reichte es ihm, er fühlte sich angegriffen, schnaubte, erhob sich dann abrupt von seinem Stuhl und blickte den Earl finster an. »Einer der schottischen Barbaren hat genug von so viel Selbstberäucherung und begibt sich in sein Gastgemach.«

Alle sahen ihn mit geschockter Miene an.

»Vater …«, sagte Duran.

»Schwiegersohn, die Engländer halten uns schlichtweg für barbarisch und ungebildet, dabei sind zumindest innerhalb ihrer oberen Schichten eine Menge von ihnen selbst barbarische, plündernde Mörder, die denken, sie könnten uns nehmen, was wir lieben. Ich habe nicht die Absicht mich weiter beleidigen zu lassen, der arrogante Laffe im Vorhof hat mir schon zur Genüge gereicht.«

»Logan…«, versuchte es auch Màiri, doch er hörte nicht auf sie, schüttelte den Kopf und verließ mit schnellen, ausladenden Schritten die Halle.

Màiri schickte einen Seufzer zur Raumdecke hinauf, bevor sie entschuldigend hervorstieß:»Es tut mir leid. Verzeiht seinen Ausbruch!«

»Was das betriff, es war mein Fehler, ich habe wohl mit meinen Worten seine verachtenden Gefühle gegen mein Volk befeuert!«

Màiri sah Earl Adalar an.»Kann ich Ihren Worten entnehmen, Earl Adalar, dass Sie den Hintergrung seiner Reaktion kennen?«

»Ich weiß durch unseren Sohn, was ihm vor Jahren geschehen ist. Macht Euch keine Sorgen.«

»Ich möchte mich nun ebenfalls zurück ziehen, um meinem Gemahl zu folgen.«

Adalar musste sich ein Grinsen verkneifen. Logan MacRaily of Glenmor würde heute wohl noch den Kopf von seiner resoluten Gemahlin gewaschen bekommen.

Adalar winkte einen Diener heran.»Das ist Godric, er wird Euch den Weg zum Gemach zeigen. Euer Gepäck befindet sich schon dort. Solltet Ihr eine weibliche Hilfe benötigen, so sagt es Godric, er wird sich darum kümmern. Wir wünschen Euch eine gute Nachtruhe.«

Erst jetzt blickte Adalar seine anderen schottischen Gäste an. Ihre Mienen wirkten mit einem Mal angespannt. Iona sah ihn mit verzweifeltem, um Entschuldigung heischenden Blick an. Er lächelte ihr beruhigend zu.»Am besten ziehen wir uns alle in die Gemächer zurück. Morgen wird ein anstrengender - wenn auch freudiger Tag werden. Iona, kümmere du dich bitte um deine Eltern und deine Brüder.«

Dann winkte er eine üppige junge Frau mit dunklen Haaren heran:»Das ist Abi, sie wird Euch Davina und die Kinder, in das für euch angedachte Gemach begleiten.«

Die junge Frau knickste vor Davina, »MyLady« während sie den Kindern ein strahlendes Lächeln schenkte. »Wenn Ihr mir dann bitte folgen möget.«

Durans Eltern, Farlan und Lady Meghan MacDeven, sowie Leroys Familie und Eltern, die MacMarlins, die sich ebenfalls als Gäste eingefunden hatten, wurden zu ihren Gemächern gebracht.

Màiri hatte Logan vor der Abreise mehrfach ins Gewissen geredet, dass er jegliche feindselige Bemerkung für sich behalten sollte, um Unannehmlichkeiten mit den Engländern aus dem Weg zu gehen.

Sie schaute ihn verärgert an. Das Licht der Talgkerzen warfen ihre Schatten flackernd an die Wand, während sie ihm, die Hände in die Hüften gestemmt, einen Vortrag hielt: »Man sollte doch meinen, dass ein Großvater mehr Rücksicht besäße, wenn es um das Glück einer seiner Enkeltöchter geht. In mir regt sich der Verdacht, dass es dir Spaß macht, Earl Adalar of Engwood gegen die Familie unseres Mädchens aufzubringen.«

Logan verkniff sich ein Aufstöhnen. »Unser Verhalten Hewen gegenüber, als etwas barbarisch zu bezeichnen, war schlicht ehrverletzend. Ich habe dem Jungen kein Haar gekrümmt«, verteidigte sich Logan. »Sag mir also, was soll schlimm daran gewesen sein, dass ich gegangen bin. Ich habe Earl Adalar nicht einmal gesagt, dass wir Highlander alleine schon aus Vernunftgründen für unsere Mädchen Männer aus dem Hochland wünschen. Und ich hätte noch vieles mehr zu sagen gewusst. Immerhin haben Sassenachs meine Eltern und meinen Onkel getötet. Die hinterhältige

Tat eines dieser Kerle an meinem Onkel, sie hat sogar eine Fehde ausgelöst.«

»Du weißt genau, dass zwei starrköpfige Schotten ebenso schuldig waren, was mir wegen der Geschichte widerfahren ist! Und mein Lieber, du bist einer der Schuldigen, solltest du das vergessen haben. Der andere lebt, zu meinem Leidwesen, seit einigen Monaten nicht mehr.«

»Ich vermisse ihn auch!«, wandte er ein. »Ich mag vielleicht ein Dickkopf sein, aber ich bin kein hinterlistiger Mörder, der ganze Familien abschlachtet!«

»Ich mag vielleicht kein … Logan, du bist ein Dickkopf!«, fuhr sie ihn an.

»Ich denke, wir sollten diesen Disput beenden und uns schlafen legen. Wir werden am Ende sowieso zu keinem Ergebnis kommen.«

Sie drehte sich um, um ins Bett zu steigen, und sagte dabei leise: »Mir soll es ja eigentlich egal sein, ob ein schottischer Schänder den Kopf durch ein englisches Schwert verliert.«

Logan zog gerade sein Hemd aus und brummte vor sich hin: »Also… im Grunde habe ich meinen Kopf schon durch eine Schottin verloren, nur weil mein Verlangen nach ihr größer war, als mir gelegentlich für gut erscheint!« Er glitt neben ihr ins Bett.

»Du bewegst dich gerade erneut in einer Gefahrenzone, die dir das Leben erschweren könnte, mein Gemahl! Du scheinst mir ebenso gut zu wissen, wie man mich zur Weißglut bringt und nicht nur einen stolzen Engländer aus der Fassung.«

»Streitende und schlechtgelaunte Großeltern will unser Mädchen bestimmt auch nicht als Hochzeitsgäste an ihrem großen Tag bei sich haben. Also lass es jetzt bitte gut sein, ich bin müde!«

Kaum war die Morgendämmerung angebrochen, stand Logan auf und kleidete sich an. Er wollte mit Earl Adalar of Engwood noch vor der Vermählung sprechen.

Màiri`s Blick wandte sich der anderen Seite des Bettes zu, welches leer war. Dann sah sie Logan und runzelte die Stirn.

»Logan, wo willst du so früh hin?

»Earl Adalar of Engwood aufsuchen.«

Sie seufzte: »Logan, ich denke das solltest du heute lassen.«

Er winkte ab. »Wir sehen uns später«, sagte er nur und ging.

Unten in der Halle sah er sich um. Da er den Earl nicht entdeckte, fragte er einen der dort geschäftigten Diener: »Könnt ihr mir sagen wo ich den Earl finden kann?«

»Laird MacRaily, soviel ich weiß, wollte unser Herr in der Kapelle nach dem rechten sehen.«

Logan machte sich auf den Weg zur Kapelle.

Er betrat die Burgkapelle. Sein Blick schweifte kurz zur Deckenmalerei, den Wandfresken und dann zum Altar hin. Earl Adalar of Engwood stand mit dem Priester auf der Adelsempore aus Holz.

Logan räusperte sich.

Der Earl und der Priester wandten sich um.

»Könnte ich Euch kurz sprechen, Earl of Engwood?«

Der Earl sah seinen Gast einige Augenblicke stumm an, nickte und kam auf ihn zu. »Lasst uns ein parr Schritte gehen, Laird Logan.«

»Gern.«

Sie verließen die Kapelle.

»Nun, was wollt Ihr?«

Logan räusperte sich erneut. Es fiel ihm schwer, doch er würde es tun. »Ich möchte mich für meinen Ausbruch von gestern bei Euch entschuldigen.« Logan streckte daraufhin Adalar die Hand hin.

Adalar grinste. »Vorsicht, Laird MacRaily, jemand könnte auf die Idee kommen, dass ihr zu einigen Engländern auch freundlich sein könnt.« Er ergriff jedoch Logans Hand. »Ich nehme Eure Entschuldigung nur zu gerne an, Logan, denn ich weiß, warum Ihr solche Vorbehalte gegen meine Landsleute habt. Ich hätte sie an Eurer Stelle auch. Aber hier geht es nicht um uns und Vergangenes, hier geht es um das Glück zweier sich liebender Menschen, die uns allen am Herzen liegen.«

»Darum, habe ich heute auch das Gespräch mit Euch gesucht und will Euch sagen, dass Euer Sohn in unserer Familie willkommen ist.«

»Nun, dann steht einer großartigen Hochzeitsfeier und der Verbindung unserer Familien nichts mehr im Weg.«

Sie liefen weiter. »Eure Burg ist interessant angelegt, ich würde mich während unseres Aufenthaltes gerne noch etwas umsehen. Ist es gestattet?«

»Sicher doch.« Ein fast schelmisches Lächeln huschte über sein Gesicht. »Ihr wollt Euch sicher auch etwas auf den Mauern umsehen? Der Anblick über das Land von dort ist atemberaubend, man kann über die steinerne Grenze bis nach England sehen.«

Logan sah ihn mit einem ungezwungenen Lächeln an. »Nichts für ungut, mir ist die andere Blickrichtung lieber.«

Adalar lachte kurz auf. »Ihr werdet noch Gelegenheit bekommen, alles zu betrachten, doch jetzt sollten wir das Brautpaar nicht warten lassen und zurück gehen.«

»Darf ich Euch noch eine Frage stellen. Habt Ihr aus Rücksicht auf uns keine Gäste aus Eurer Familie zu dem Fest eingeladen, denn wir waren gestern Abend ja nur unter uns?«

»Die Eltern meiner Gemahlin und die meinen, sie leben nicht mehr. Meine anderen Verwandten haben mit ihren Besitztümern viel zu tun. Mein Vetter ist für König Edward unterwegs. Rowena hat noch zwei Vettern, sie sind Kapitäne in der englischen Flotte.«

Die Augen ihrer zukünftigen Schwiegermutter glitten mit liebevollem Ausdruck über Iona hinweg. Sie trug ein Kleid mit Pelzbesatz und Stickereien. Das Haar offen, über Schultern und Rücken herabfallend. Auf dem Kopf einen Kranz aus Blumen. »Ach Kind, siehst du bezaubernd aus!«, stieß Lady Rowena of Engwood mit voller Begeisterung aus. »Nun komm!«

Im Hof wartete ihr Vater auf sie. »Bereit?«, fragte er mit einem Lächeln.

Iona nickte. Ihr Herz pochte schneller, als sie kurz darauf am Arm ihres Vaters die fünf Stufen zur Kapelle erklomm. Caitriona als Blumenmädchen folgte einen Schritt hinter ihnen. Die Kleine strahlte übers ganze Gesicht.

Duran übergab Iona an den Bräutigam. Der Priester gab die Eheleute zusammen, indem er das Einverständnis von Iona und Hewen in die Verbindung forderte.

Der weitere Tag verlief einfach wunderbar. Zum Hochzeitsmahl wurde richtig groß aufgetischt, dazu spielten Musiker auf und fahrende durchs Land ziehende Akrobaten, die ihre Dienste angeboten hatten, zeigten ihre Kunststücke. Danach wurde getanzt.

Lady Rowena und Grace sahen dem Treiben von der Hochtafel aus zu, währen sich unten in der Halle kleine Grüppchen gebildet hatten, die sich angeregt unterhielten und andere, die die Tanzenden beobachteten.

»Nicht für viele Frauen ist der Tag der Eheschließung einer der schönsten im Leben. Die meisten Ehen dienen dazu, Bündnisse zu festigen oder Streit einzudämmen«, sagte Lady Rowena gerade zu Grace. »Unsere Kinder hingegen haben da mehr Glück!«

»Wie war das bei Euch und dem Earl, Lady Rowena?«

»Meine Eltern waren sehr gütig, sie legten viel Wert auf unsere Erziehung. Doch es bedurfte der Allianz. Ich fand an Adalar Gefallen und stimmte allem zu, so wurde ich mit meinem heutigen Gemahl vermählt, obwohl wir uns kaum kannten. Anfangs war es nicht leicht, denn die erste Pflicht als seine Frau, war die, meinen Schwiegereltern in Ehren Respekt sowie Ehrerbietung und Freundlichkeit entgegenzubringen.« Sie seufzte: »Sie verlangten uns beiden viel ab, bis Adalar vom König dieses Castle zugesprochen bekam. Es ging ihnen nur um einen männlichen Enkel. Doch war ihm die Vorstellung selbst zuwider, ein Kind bloß deshalb in die Welt zu setzen, um einen Titel zu vererben. Als ich guter Hoffnung war, sagte er zu seinem Vater, das es ihm gleich sei, von welchem Geschlecht das Kind wäre, da kam es zum Streit. Natürlich unterstellten meine Schwiegereltern mir, es sei meine Schuld. Unsere erlangte Eigenständigkeit hier war ein Ausweg aus dieser vertrackten Lage, denn als unser Sohn geboren war, da mischten sie sich auch noch in dessen Erziehung ein. Mittlerweile leben seine Eltern nicht mehr«, sie bekreuzigte sich hastig, was Gace sich insgeheim fragen ließ, ob sie es tat, weil ihre Schwiegereltern nicht mehr unter ihnen weilten. »Wir sind glücklich miteinander«, fuhr sie fort. »Mein Gemahl bezieht mich in allen Fragen des öffentlichen und privaten Lebens mit ein, was unserer Meinung nach, für eine gute eheliche Beziehung unabdingbar ist und lässt mich walten, wie ich möchte.«

Duran der sich gerade einen Becher Wein eingegossen hatte, hatte das Gespräch mitbekommen und schaltete sich jetzt ein: »Schwiegermütter und Schwiegerväter haben unverständlicherweise einen zu miserablen Ruf. Grace und ich, wir können uns über die unsrigen nicht beschweren und unsere Tochter hat euch gerade eben regelrecht lobgepriesen, vor allem Euch, Lady Rowena. Aber Ihr habt wohl Recht, wie ich bei anderen schon mitbekommen habe, rollten viele Schwiegerkinder - doch vor allem Frauen, mit den Augen oder meinten: Sie könnten seitenweise Pergamente mit üblen Erfahrungen beschreiben, die sie mit den ihren gemacht hätten. Bei Euch und unserer Tochter ist dies etwas ganz anderes, ihr befüllt Pergamentseiten gemeinsam. Unsere Iona mit ihrem Wissen über Heilpflanzen und deren Verwendung und ihr, mit den passenden Zeichnungen dazu. Die Männer des Hauses sind stolz auf euch und wir dazu! Sie fühlt sich sehr wohl bei Euch, was uns sehr freut.«

»Ich danke Euch, Duran, in unser beider Namen«, erwiderte sie gerührt.

Nach der Feier blieben sie noch drei Tage, ehe sie sich auf den Heimweg mache.

Unterstützung

Ayden, Davina und ihre Geschwister waren zurück im Castle.

Es gab viel zu tun, denn in zweieinhalb Monaten schon sollte auch ihre Hochzeit stattfinden. Ihre diensthabenden Geister waren während ihrer Abwesenheit schon fleißig gewesen, was Ayden bei einem Rundgang mit großer Erleichterung feststellte. Auch im Wohnturm herrschte von morgens bis in den Abend hinein, reges Treiben.

Nun saß er mit Davina zusammen in seinem Arbeitsraum und sie unterhielten sich, während Arran im Vorhof lernte mit einem Bogen umzugehen. »Wenn Arran seine Aufgaben weiterhin so gut verrichtet, wie es sich gehört, dann verspreche ich euch, dass ich bemüht sein will, ihm eine gute Ausbildung zukommen zu lassen. Was Caitriona betrifft, auch sie wird Unterricht erhalten. Nach unserer Hochzeit werde ich mich darum kümmern, dass sie eine Gouvernante bekommt, denn sie wird bald sieben und somit alt genug um auf Pflichten als künftige Haus- und Ehefrau vorbereitet zu werden, wenn du damit einverstanden ..., Caitriona, der Daumen. Nimm ihn aus dem Mund, er tut deinen Zähnen nicht gut!«, fiel er sich selbst ins Wort.

Caitriona stand an der Fensterleibung, sah den am Himmel fliegenden Vögeln zu und hatte mal wieder den Daumen im Mund.

Davina sah zu ihrer Schwester hin und seufzte. »Warum lutschst du am Daumen.«

»Ich weiß nicht! Darf ich zu den Katzen?«

»Ja, geh!«

Ein Kind, das den Daumen lutschte, gerade in dem Alter, in dem ihre Schwester jetzt war, konnte tatsächlich bleibende Schäden an Kiefer und Gebiss bekommen, das wusste auch Davina. Ayden hatte die Kleine wieder dabei erwischt. Auch das Androhen von Konsequenzen hatte bis jetzt nichts geholfen, es passierte immer wieder.

»Soll ich mit ihr schimpfen, wo sie sonst so lieb und brav ist?«, fragte Davina resignierend.

»Nein! Ich weiß das ist eine Art Sicherheitsstütze für sie, aber es muss aufhören. Wir müssen es ihr abgewöhnen. Ihr Finger ist schon wieder wund.«

»Wie macht man das sanft und ohne Druck, du Schlauberger?«

»Ein anderer Seelentröster muss her! Ich glaube, ich habe da eine Idee. Ansonsten frage ich meine Schwester, wenn sie zu unserer Hochzeit kommt, denn im Notfall gibt es diverse Hilfsmittel; Tinkturen, die man auf die Daumen auftragen kann, wenn meine Idee dann immer noch keinen Erfolg bringen sollte.«

Zwei Tage später …

»Schau mich nicht mit diesem Blick an, junge Lady. Du bekommst das hier und lässt dafür die Daumen aus dem Mund oder ich behalte es.«

»Das ist so gemein von dir Ayden, wirklich«, sagte Caitriona und zog einen Schmollmund.

»Wer von uns beiden jammert denn ständig, das ihm ein Daumen weh tut? Deine Zähne werden schief, wenn du so weiter machst!«

Sie warf einen flüchtigen Blick, auf das, was Ayden ihr vor die Nase hielt. Sie wollte dieses Tuch mit dem Katzenkopf, das stand fest. »Hast du mich denn gar nicht lieb?«, fragte sie.

»Doch! Und genau das ist der Grund dafür, dass ich nicht möchte, dass du wegen deines Daumenlutschen ein Pferdegebiss bekommst.«

Sie stieß einen lauten Seufzer aus. »Wenn ich es dir verspreche, es mir aber dann doch noch mal passiert, nimmst du mir das Katzentuch dann wieder weg?«

Ayden tat, als würde er eine Weile darüber nachdenken, bis er sagte: »Offenbar macht dir das Durchhalten gewisse Sorgen. Ich schließe daher einen Pakt mit dir. Passiert es dir, dann gibst du es mir zurück. Wenn du es dann einen Tag und eine Nacht ohne Daumen schaffst, dann bekommst du es wieder und das machen wir so lange, bis keiner deiner Daumen mehr in deinem Mund landet.«

Caitriona lächelte und griff zu. »Danke!« Dann reckte sie sich. Er verstand, denn er neigte den Kopf. Sie gab ihm einen Kuss auf die Wange.

An diesem 18. Juni 1306 besetzte Aymer de Valence, der von Edward I. ernannte neue Statthalter in Schottland mit seiner Armee Perth. Der englische König hatte dazu in England sein Feudalheer einberufen, doch wegen des fortgeschrittenen Alters des Königs und wegen seiner schlechten Gesundheit, zog das Heer nur langsam nach Norden.

Um das Heer von Valence zur Schlacht zu stellen, näherte sich Robert I. mit seinem Heer über das hügelige Gelände von Westen her der Stadt. Robert Bruce befahl seinen Rittern, weiße Gewänder über ihre Waffenröcke zu ziehen, so dass ihre Wappen und damit die Herkunft nicht erkannt würde. Als die Engländer sich nicht zur Schlacht stellten, schlugen die Schotten südlich des Flusses Almond ihr Nachtlager auf. Ein Teil der Schotten plünderte in der Umgebung, um Proviant zu beschaffen, andere zerstreuten sich, um bessere Quartiere zu suchen. Valence erkannte die Disziplinlosigkeit des Gegners und griff vor Tagesanbruch des 19. Juni überraschend das schottische Lager an. Die Schotten wehrten sich zunächst erbittert, wurden aber rasch überrannt und erlitten schwere Verluste. Die Schlacht endete mit einem klaren englischen Sieg.

Robert Bruce konnte mit wenigen hundert Soldaten flüchten, während viele seiner Männer in Gefangenschaft gerieten, darunter auch Thomas Randolph Earl of Moray.

Aymer de Valence hatte Thomas Randolph bereits Gnade gewährt, als ihn der Befehl von Eduard I. erreichte, die übrigen Gefangenen hinzurichten. Da Thomas Randolph rasch die Seiten gewächselt hatte, blieb er vom Tode verschont, aber in Gefangenschafft.

Eine große Überraschung war es für Ayden noch vor dem Hochzeitstag, das nicht nur die ganze Familie, sondern auch seine Freunde Keith und Lennox mit seinen Eltern angereist waren. Keith war der reinste Metallkünstler und hatte zwei Ringe angefertigt. Den einen hatte Ayden bei ihm bestellt und am Abend vor dem Schlafengehen Davina als Morgengabe überreicht. Den zweiten Ring, das genaue Gegenstück, trug nun er.

Der 9. Juli war ein schöner Tag, an dem die Trauung von Ayden und Davina stattfand. Auch wenn die Familien und die Gäste Bedenken hegten, was die nächste Zeit alles mit sich bringen würde, da sich die Situation zwischen Engländern und Schotten wieder drastisch zugespitzt hatte, denn Hewens Eltern waren angereist, herrschte hier zwischen Schotten und Engländern Einklang.

König Robert hatte versucht, die Wiederherstellung der Unabhängigkeit ihres Landes zu erlangen. Da Englands König zu diesem Zeitpunkt krank war, hatte Bruce sich ein leichteres Spiel erhofft. Nun jedoch war Robert gezwungen, sich vor den Engländern zu verstecken, während die englischen Streitkräfte ihr verlorenes Territorium und ihre Burgen zurückeroberten.

Davina hatte nach dem Aufstehen ihr Kleid mit einem letzten Stich fertiggenäht, was ihrem zukünftigen Gemahl und ihr Glück für die nächsten Jahre bringen sollte. Sie war gerade in ihr Kleid geschlüpft, nachdem eine Magd ihre Haare gerichtet hatte, als diese sagte: »Der Kaplan wartet in der Kapelle auf Euch, MyLady.«

Davina zog die Stirn kraus. »Warum?«

»Ihr müsst noch beichten, vor der Trauung.«

Von einem auf den anderen Augenblick hatte sie Angst. Sie schluckte hart. Tatsächlich hatte sie seit dem Vorfall mit dem Dorfpriester, nie wieder eine Sekunde alleine mit einem Gottesmann verbracht. Aber sie wusste auch, dass eine Beichte vor einer Trauung durchaus üblich war. Sie spürte mit jedem Schritt, den sie tat, den Film von panischem Schweiß auf ihren Handflächen mehr werden.

Sie spielte nervös an ihrem Ring, den Ayden ihr am Abend noch als Morgengabe überreicht hatte, während sie in die Kapelle trat. »Sie wünschen, mich zu sprechen, Pater?«, sagte sie leise.

Der kleine Pater mit einer rundlichen Leibesfülle, einem graugesprenkeltem Bart und eben einen solchen Haarkranz, lächelte sie freundlich an. »Ja, mein Kind.« Er sah sie forschend an. »Ist Euch nicht wohl, Kind, Ihr seht so blass aus?«

»Es ist nicht wegen meiner Sündhaftigkeit, ich habe … eine Art Moralverfall eines Kirchenmannes an mir erlebt.«

»Ich verstehe!«

»Sie runzelte die Stirn.«

»Laird Ayden berichtete mir davon, mein Kind. Vertraut weiter auf den Herrn. Die Mehrzahl der Unseren dürsten nach Spirituellem und sind rechtschaffene Gottesdiener, doch leider gibt es in vielen Gemeinschaften immer wieder einmal unsägliche Ratten, die sich unter braven Menschen tümmeln. Ein Mensch, der spirituell erleuchtet ist, der ist demütig in Gottes Werk. Meine Gemeinschaft ist nicht gut auf solche Abtrünnigen zu sprechen.«

Seine Worte machten den Pater ihr um einiges sympathischer, als er eben noch auf sie gewirkt hatte.

»Auch sagte mir der Laird, dass Eure Eltern gestorben sind und Ihr Euch aufopfernd um die Geschwister sorgt. Es war ein harter und verantwortungsvoller Weg, den Ihr hinter Euch gebracht habt! Die Eltern fehlen Euch natürlich und heute besonders.«

Davinas Augen füllten sich mit Tränen, bei der Erinnerung an ihre Mutter.

»Es tut mir leid, ich wollte Euch nicht zum Weinen bringen«, flüsterte der Kaplan und reichte ihr ein Taschentuch, welches er aus der Tasche seiner Kutte zog. »Lasst uns für sie eine Kerze anzünden und für ihre Seelen beten. Dann konzentrieren wir uns auf die Gegenwart, die freudige Vermählung und euer Gelöbnis.«

Davina zündete zwei Kerzen an und steckte sie in den dafür vorgesehenen kleinen Sandkasten, der in der Nähe des Altars stand. Sie trat einen Schritt zurück und bekreuzigte sich.

Kurz darauf traten die Hochzeitsgäste und Aydens Familie in die Kapelle ein.

Grace trat an Davina heran und überreichte ihr den Brautstrauß.»Alles in Ordnung mit dir? Du bist mir so blass!«, fragte Grace und ihrer Stimme war Besorgnis zu entnehmen.

»Ja!«, flüsterte Davina.»Ich bin nur etwas aufgeregt.«

»Ayden wird gleich an deiner Seite sein«, flüsterte Màiri ebenso leise und schenkte ihr ein aufmunterndes Lächeln, während sie ihren Platz auf der ersten Bank einnahm.

Da trat der Bräutigam auch schon durch die niedrige Kapellentür. Er duckte sich ein wenig, als er die Türleibung durchlief.

Ayden sah imposant in seinem Festtagskilt mit den Farben seines Clans und dem edlen weißen Leinenhemd aus.

Davina bekam bei seinem Anblick wieder etwas Farbe im Gesicht, denn ihre Wangen erröteten leicht, wie Grace feststellen konnte, als ihr Sohn sich neben seine Braut stellte und ihr einen liebevollen Seitenblick schenkte. Nun nahm auch sie in der ersten Bankreihe ihren Platz ein.

Der Priester begann mit der Vermählung. Er schwenkte ein silbernes Gefäß an einer Kette, dessen Qualm den Geruch von Weihrauch absonderte. Danach sprach er ein paar Gebete und alle Anwesenden fieberten dem Gelöbnis des Paares entgegen.

Als sie nach der Trauung auf den Hof traten, stand dort eine erwartungsvolle Menge aus Dörflern und verschiedenen Mitgliedern des Clans. Ein Raunen ging durch die Menge, bis Jubelrufe die Braut und den Bräutigam hochleben hießen.

Das Paar blickte glücklich über die Menschenmenge und beide waren sich in diesem Augenblick mehr als sicher, die richtige Entscheidung mit dem Bund, nicht nur für sich selbst, sondern auch für die des Clans getroffen zu haben.

Ayden griff zu der Geldkatze, die sich an seinem Gürtel befand. Er warf Münzen in die Luft, was ihnen zu Wohlstand verhelfen sollte und an dem vor allem die Kinder beim Aufsammeln ihre Freude hatten.

Die Halle war mittlerweile von den Gästen, Freunden und der Familie voll besetzt. Unter Begleitung lauter Dudelsackklänge, unterstützt von Trommelschlägen, zogen Davina und Ayden in die Halle ein. Nun konnten die Feierlichkeiten zu Ehren ihrer Vermählung beginnen.

Man nahm Platz und das Küchenpersonal tischte wohlangerichtete Speisen auf.

Lady Davina

Es war ein schönes Fest gewesen. Während die Hochzeitsgesellschaft in der Halle noch weiter feierte, hatte das jung vermählte Brautpaar sich in das Brautgemach zurückgezogen.

Ayden verriegelte die Tür, half Davina aus dem Obergewand und zog sich aus, um sich in die Bettstatt zu begeben. Eben stopfte er sich sein Kissen in den Rücken und lehnte sich gegen das Kopfteil des Bettes.

Davina entledigte sich des Leibchens, schlüpfte ins Bett, drehte sich lächelnd zu ihm. Ihm entging die Besorgnis in ihren Augen jedoch nicht. Er zog sie an sich, sodass sie an seiner breiten Brust zu liegen kam.

Das war der Moment, vor dem sie auch etwas Angst hatte. Ayden hatte sie zwar zuvor schon geküsst, aber auch nicht mehr.

Davina lächelte verhalten, als sie ihn bat:»Mein Gemahl, macht bitte die Kerzen aus, denn Dunkelheit verdeckt die Sünde der Leidenschaft in der Brautnacht.«

Aydens Nasenflügel blähten sich auf, als er zu lachen begann:»Wer hat dir denn den Unfug erzählt? Was hat Leidenschaft zwischen Angetrauten - zumal bei einem sich von Herzen liebenden Paar - mit Sünde zu tun?«

Davina war sich bewusst, dass sie selbst von Leidenschaft gesprochen hatte, da sie sich danach sehnte, von ihm beschlafen zu werden, ganz so wie in jener Liebesgeschichte, die sie einmal gehört hatte. Sie kämpfte gegen ihre Verlegenheit an, als sie Ayden gestand:»Ich weiß nicht, wie es dir als Mann geht, ich fühle da etwas. So ein Kribbeln im Bauch, wenn du in meiner Nähe bist. Ich denke, es ist das, was man als Leidenschaft bezeichnet. Ich habe einmal eine

Geschichte von einem Liebespaar gehört, doch es soll schon Sünde sein, solche Geschichten zu erzählen oder gar nur zu hören. Aber ich muss gestehen: Ich empfand das schon als sehr romantisch.«

»Oh, ich verstehe!« Ayden wollte sie ein wenig foppen. »Du wirst mir hoffentlich nicht gleich noch sagen wollen, dass du erwartest, dass ich genau das mit dir tue, was dieser Liebhaber in dieser Geschichte mit seiner Liebsten tat. Wie mir scheint, willst du es so und gleichzeitig hast du Angst bei Licht deine Keuschheit durch mich zu verlieren. Wie weit man einem Priester oder Menschen im Allgemeinen trauen kann und sollte, das wissen wir aus der vorangegangenen Erfahrung beide doch wohl bestens.«

»Warum erinnerst du mich jetzt gerade daran? Wo du selbst zu mir gesagt hast, da nichts geschehen sei - soll ich diese Geschichte aus meinem Gedächtnis löschen?«, fragte sie und verschränkte ihre Arme vor der Brust.

»Mir mutet gerade an, dass ich dir in meiner Nacktheit wohl sehr hässlich vorkomme und du wahrscheinlich deshalb nur bereit bist die Ehe mit mir zu vollziehen, wenn ich das Licht auch wirklich lösche.«

Sie starrte ihn erschüttert über diese Äußerung an.

»Bei Gott, mein Mädchen, du machst ein Gesicht, als hätte ich dich gerade geschlagen. Das war ein Scherz! Verstehe bitte, ich möchte meine Gemahlin ansehen können, weil ich sie für das schönste Wesen der ganzen Welt halte und ich bin so glücklich, dass ich dich, da ich dein Gemahl bin, nun beschlafen darf. Die Kerzen bleiben also an, denn wir tun nichts Sündhaftes. Die einzige Sünde wäre heute Nacht uns gegenseitig nicht zu begehren, ohne uns dabei ansehen zu können.« Seine Augen ruhten liebevoll lächelnd auf ihrem Gesicht, als er weitersprach: »Unsere

Gefühle hat Gott uns geschenkt. Ich habe mich mit dir in unser gemeinsames Gemach zurückgezogen, um nach der Zeit sehnsüchtigen Wartens endlich die Ehe zu vollziehen.« Er küsste sie und zwang dann mit der Zungenspitze ihre Lippen auseinander.

Davina stöhnte leise vor Entzücken auf, als er begann mit seiner Zunge ihren Mund zu erforschen. Sie lächelte ihn nach dem Kuss an. »Das war schön!«

»So wie in dieser Liebesgeschichte?«

»Hör doch mit der Erwähnung dieser Liebesgeschichte auf! Du machst dich doch nur lustig über mich!«

»Ich mache gleich noch ganz andere Dinge mit dir, mein Engel.« Seine Hände erforschten ihren ganzen Körper.

Davina stöhnte bei seiner nächsten Berührung auf, denn er hatte eine Hand zwischen ihre Schenkel gelegt.

»Nimmst du mich jetzt?«

»Nein mein Liebes, ich mache dich erst dazu bereit.«

»Was meinst du damit?«

»Die Pflicht meiner Gemahlin ist es nicht einfach nur, den Akt zu ertragen. Ich sehe es als meine Pflicht an, dich zu unserer Vereinigung so weit zu bringen, dass du vor Verlangen fieberst. Ich werde dich zuerst an mich gewöhnen. Daher werde ich es langsam tun.«

Sie suchte seine Blicke und seine Augen schienen sie geradezu verschlingen zu wollen, so schwarz waren sie. »Es wird dir bestimmt gefallen, wenn ich dir beiwohne, das verspreche ich dir.«

Plötzlich erschien ein Ausdruck der Überraschung in ihrem Gesicht. Er wusste, er weckte gerade mit seinem Finger ihre Lust. »Hast du das denn noch nie selbst bei dir gemacht?«, fragte er.

Sie schüttelte den Kopf. »Das gilt doch als widernatürlich!«

Die Erkenntnis, dass sie so dachte, erschütterte ihn erneut. Was hatte ihr versoffener Vater und der Priester, der Frau, die er so sehr liebte, da nur eingeredet? Man hätte fast denken können, sie wäre in einem Kloster aufgewachsen. »Sieh mich an, Liebste«, bat er. »Du brauchst dich für nichts zu schämen, wenn dir etwas gefällt oder nicht gefällt, dann sag´ es mir.«

»Sie nickte und biss sich auf die Lippen, bis sie gestand: »Es gefällt mir schon!«

Er unterdrückte ein Lächeln.

»Oh! Was ist das?«, rief sie aus, als die erste Welle des in ihr aufsteigenden Orgasmus sie überrollte.

Er hatte ihr dieses atemberaubende Erlebnis gerne verschafft, auch damit sie für ihn bereit wurde.

Sie keuchte voller Schreck auf, als sie seine Erregung gleich darauf an der Stelle spürte. Er sah den erneuten Anflug von Angst in ihren Augen, doch auch damit hatte er gerechnet. Er entschied, dass es wohl einfach besser sei, gleich in sie einzudringen, um den Schmerz für sie nicht noch länger hinauszuzögern. »Meine Schöne, deine Lust fließt, du bist somit bereit und ich werde unsere Körper nun miteinander vereinen.«

Ihre Augen wurden groß, als er mit einem einzigen kräftigen Stoß in sie eindrang. Sie klammerte sich an seine Schultern, ein Schrei entrang sich ihrem Mund. Doch er presste schnell seine Lippen auf die ihren. Dann wartete er eine Weile, bis er begann sich langsam in ihr vor und zurückzubewegen. Sie begann schnell, sich ihm anzugleichen.

»Wenn ich es zu vergleichen wüsste, dann würde ich sagen, dass du ein besserer Liebhaber bist, als der in der Geschichte«, hauchte sie geraume Zeit später. »Ich bin mir sicher, dass noch keine Frau eine so wunderbare Hochzeitsnacht erlebt hat, wie ich!«

»Liegt vielleicht daran, dass die meisten Paare auf Kreuzrücker oder andere dumme Ratgeber hören und daher das Licht löschen, Lady Davina«, merkte er erheitert an.

Die Hochzeitsgäste waren bereits zwei Tage nach der Hochzeit abgereist, da die Lage im Land sehr unruhig geworden war.

Keith hatte sich die Schmiede angesehen und war geblieben. Früh morgens, sobald der Ofen auf Temperatur gebracht war, ertönte der metallische Schlagrhythmus des Schmiedehammers aus dem Vorhof des Castles zu ihnen in den Wohnturm hinauf. Er stellte Waffen her.

Davina vergrub ihren Kopf in die Kissen. Sie waren erst spät in der Nacht eingeschlafen, da sie sich wieder ausgiebig geliebt hatten. Ayden zog es ihr weg und lachte: »MyLady, hört doch hin, das klingt fast wie Musik.«

»Auch wenn ich unseren Schmied und seinen Fleiß sehr schätze, zum Glück wird es alsbald von Tag zu Tag später hell und früher dunkel«, entgegnete sie, als sie aus dem Bett stieg, um sich anzukleiden. »Arran könnte bei ihm als Schmiedelehrling in die Lehre gehen. Was hältst du davon?«

»Nichts! Keith hat schon einen Jungen aus dem Dorf gefunden, der bei ihm in die Lehre gehen will und auch einen Zuschläger eingestellt, wie er mir gestern mitgeteilt hat. Sollte Arran wirklich Schmied werden wollen, müsste er uns verlassen. Wenn er dies unbedingt will, dann werde ich mich ihm nicht in den Weg stellen. Doch mir wäre wohler, wenn dein Bruder anstatt Pferde beschlagen, Pflüge repariert, Rüstungen und Waffen schmieden oder in Stand setzen würde, andere Dinge erlernt, wie die Aufgabe einer Führungsrolle innerhalb des Clans.«

»Aber wir sind von einfacher Herkunft. Wie könnte er da Fear-taic und zu einem deiner Unterstützungsmänner werden?«

»Du bist meine Gemahlin und die Herrin dieses Castles, er ist dein Bruder. Außerdem verdanke ich ihm meine Rettung.«

»Dein Vater hat meinen dafür entlohnt.«

»Nur das die Entlohnung euch und vor allem Arran, nichts eingebracht hat, außer noch mehr Kummer, weil der Herr Vater das Geld wohl versoffen hat.«

Um den 13. Juli 1306 wurde die verbliebene schottische Streitmacht von Robert Bruce von einer englischen Streitmacht unter der Führung des mit ihm verfeindeten John of Lorne bei Dalry* geschlagen. Robert schickte daraufhin unter dem Schutz seines jüngsten Bruders Neil und des Earls of Atholl seine weiblichen Familienangehörigen nach Kildrummy Castle, um sie in Sicherheit zu bringen. Er selbst versuchte, mit nur wenigen Getreuen auf die westschottischen Inseln zu flüchten.

Als ein englisches Heer im September anrückte, flüchtete Earl of Atholl mit der zweiten Gattin von Robert Elizabeth de Burgh, dessen Tochter Marjorie aus erster Ehe und den Bruce Schwestern Christina und Mary, weiter nach Norden.

Neil Bruce und die meisten anderen ihrer Begleiter blieben in der Burg zurück. So geriet Neil am 10. September in Kildrummy in englische Gefangenschaft, wurde nach Berwick zur Richtstätte geschleift und auf Befehl König Edward durch Hängen hingerichtet und anschließend geköpft.

Im Frühling 1307 marschierten Edwards Truppen erneut nach Norden. Auf dem Weg dorthin enteignete er die schottischen Ländereien von Robert und dessen Anhänger, und verteilte sie unter seinen eigenen Gefolgsleuten. Darüber hinaus ließ er durch den Papst über Robert den Kirchenbann verhängen.

Elizabeth de Burgh, Marjorie und die Bruce Schwestern Mary und Christina gerieten auf ihrer Flucht, als sie Tain erreichten, durch Earl of Ross in englische Gefangenschaft. Der englische König ließ die Frauen streng bestrafen. Elizabeth als Königin von Schottland musste in der Isolation eines englischen Klosters leben. Christinas Mann Christopher Seton war bereits im August 1306 aufs grausamste hingerichtet worden, sie selbst wurde nach ihrer Gefangennahme im Gilbertinerinnen-Kloster Sixhills in Lincolnshire inhaftiert. Mary Bruce wurde in einen Käfig gesperrt, der an der Mauer von Roxburgh Castle aufgehängt wurde. Marjorie sollte, ähnlich wie ihre Tante Mary und die Countess of Buchan, die sich bei ihnen befunden hatte, in einen Käfig gesperrt und darin im Tower of London aufgehängt werden. Jeglicher Kontakt außer zum Constable of the Tower sollte ihr verboten werden. Kurz darauf widerrief der König jedoch diesen Befehl, stattdessen wurde Marjorie in das Gilbertinen-Kloster Watton in Yorkshire gebracht. Auch Bruce Brüder Alexander, ein Geistlicher und Sir Thomas

Bruce wurden lebend an den englischen König ausgeliefert und auf dessen Befehl als Verräter hingerichtet.

Edwards Brutalität hatte jedoch den gegenteiligen Effekt, den er sich durch diese Handlungen erhofft hatte, denn anstatt die Schotten zu unterwerfen, erlangte Bruce die wachsende Unterstützung seiner Landsleute.

Roberts erster großer Sieg über die Engländer gelang ihm bei Glen Trool und im Mai 1307 besiegte er Aymer de Valence in der Schlacht von Loudoun Hill. Als König Edward I. am 7. Juli 1307 im Alter von 68 Jahren auf dem Weg nach Burgh on Sands starb, wurde dessen Sohn König.

Edward II. war seit Ende des Jahres 1303 offiziell mit Isabelle de France verlobt. Da er nun die Königswürde innehatte, erhöhte König Philipp IV. von Frankreich, die Mitgift für Isabelle.

Das Blatt begann sich für Robert, mit dem Herrscherwechsel auf Englands Thron zu wenden, denn sein größter Feind lebte nicht mehr. Er begann vom Südwesten aus, sein Reich unermüdlich und meist aus dem Hinterhalt von seinen inneren und äußeren Feinden zurückzuerobern. Dadurch gewann er allmählich den Respekt und die dringend notwendige Unterstützung des schottischen Adels.

Die Gedanken vieler Schotten weilten zu dieser Zeit in der Ungewissheit, was nun unter König Edward II geschehen würde. Würde der englische König ihr Land in Ruhe lassen oder würde es erneut zum Kampf kommen und Edward versuchen das Werk seines Vaters, die Unterwerfung Schottlands, zu vollenden?

Sollte es zu weiteren kriegerischen Handlungen kommen, würde es wahrlich nicht einfach für die Familien, die seid der Hochzeit von Iona und Hewen nun aus englischen und schottischen Mitgliedern bestanden. der Hochzeit von Iona und Hewen nun aus englischen und schottischen Mitgliedern bestanden.

Rachepläne

Oktober 1307 ….

Murdo saß auf seinem Stuhl am Tisch und hielt wieder einmal Rückschau auf die letzten vergangen eineinhalb Jahre. Nachdem er genug der Buße getan hatte, hatte sein Abt ihn mit den Worten:»Ich habe für dich Bruder getan, was unsere Religion und mein heiliges Amt mir gebietet. Klage also nicht unsere Gemeinschaft an für deine schreckliche Verblendung, sondern allein deine Sünden! Der Herr verlangt Reue, gute Werke und Frömmigkeit von uns. Nun gehe hin in die Einsamkeit der Felsöde.«

Nach dem ersten Jahr in Einsamkeit und Entbehrung war an einem sonnenhellen Frühlingsnachmittag ein Mönch aufgetaucht und bat ihn um ein Nachtlager in seiner Hütte. Bei einem kargen Abendmahl hatte ihm dieser von seinem Auftrag berichtet, er solle eine verfallene Abtei wieder für den Orden aufbauen und dass er auf dem Wege dorthin sei. Er würde sich unterwegs mit einigen ihm noch unbekannten Brüdern treffen und sie als Propst anführen, denn so sei es ihm von seinem Orden aufgetragen. Plötzlich hatte sich der Mönch an die Brust gegriffen und aus seinem Mund war ein kurzes, schmerzvolles Stöhnen gekommen. Der Mönch war auf dem Stuhl zusammengesunken, ohne noch eine Regung des Lebens von sich zu geben. Er war einfach tot gewesen. Murdor hatte dessen Sachen und alle Schreiben an sich genommen, den Mönch begraben und sich auf den Weg gemacht, um sich des Toten Amtes anzunehmen.»Gott hat es so gewollt«, stieß er hervor und trommelte mit den Fingern auf dem Tisch herum.»Es muss mir Gerechtigkeit geschehen«, sagte er zu sich.»Warum sonst Herr, hast du mich hierher in dieses halb verfallene Kloster geschickt?« Die Vorstellung Davina MacDeven, die Frau, die für die meisten seiner Narben auf seinem Rücken verantwortlich war, in die Hand zu bekommen, nahm seine Gedanken in den letzten Tagen immer wieder ein. Er erinnerte sich, auf welche Weise sie in sein Geschick verwickelt gewesen war. Nach seiner Überzeugung war sie ein Geschöpf des Teufels. Er brauchte einen guten Plan, wie er ihrer habhaft werden konnte.

Noch in seinen Überlegungen vernahm er Stimmen, die vom Hof her durch das offene Fenster zu ihm in den Raum hinein getragen wurden. Da er nur eine der beiden kannte, erhob er sich von seinem Platz und trat ans Fenster. Ein Mann in einfacher Kleidung stand dort, mit einem Weidenkorb voller Fische.

»Braucht ihr wirklich keinen Fisch oder ein paar Flusskrebse?«

Murdo sah von seinem Platz aus, zum offen stehenden Klostertor hinaus und zum Fluss hin. Am Ufer des schmalen Landstreifens sah er ein vertäutes Boot liegen.

Diakon Edin schüttelte verneinend den Kopf. »Nein, lieber Mann, wirklich nicht!«

»Na dann, vielleicht ein andermal!«

»Wo kommt ihr her?«, fragte Murdo aus dem Fenster hinaus.

Edin erklärte: »Das ist unser Prior.«

Der Fischer sah zum Fenster hin und verbeugte sich leicht. »Vom oberen Flusslauf komme ich, Vater Prior. Da gibt es eine kleine Bucht, sie gehört zum MacMorven Land. Dort lebe ich als Angehöriger des Clans in meiner Fischerhütte.«

Murdo hatte in wachsender Erregung zugehört. »So fischt ihr auch für den Laird?«, hakte er nach.

»Aber natürlich doch, Prior.«

Die Worte des Fischers drangen Murdo wie ein Psalm in die Ohren, eindringlich genug, um eine lange Kette neuer Gedanken zu bilden. Ein wirres Licht flackerte in seinem Bewusstsein auf. Dann wusste er, was er zu tun hatte. Wer hätte denken mögen, dass ihm der Herr in diesem Augenblick, durch das Auftauchen eines Fischers, der auf dem MacMorven Land lebte, einen so erleuchtenden Gedanken schenkte. Ja, das war es: Er hatte den Schlüssel zur Ausübung seiner Rache gefunden.

»Wie unser Diakon schon sagte. Wir brauchen heute keinen Fisch, aber kommt gerne in der nächsten Zeit wieder vorbei, mein Sohn! Oder, sollten wir welchen brauchen, dann schicke ich jemanden zu euch.«

»Dann gehe ich mal wieder. Jedenfalls meinen Respekt Prior, ihr hab die verfallene Abtei unter Eurer Leitung schon wieder sehr gut hergerichtet.«

»Zumindest ist es uns gelungen, einige der Gebäude instand zu setzen. Mit Gottes Hilfe werden wir mit der Zeit das Kloster zu neuem Glanz erheben. Aber da ich gerade von Glanz spreche, wollt Ihr vielleicht die Kapelle einmal ansehen, guter Mann?«

»Von mir aus, gern.«

»Ich bin gleich bei Euch, um sie Euch zu zeigen.« Ein listiges Lächeln umspielte dabei seine Lippen und Murdo rieb sich im stillen die Hände. War er sich doch sicher, dass er über den Fischer, in Erfahrung bringen konnte, was so auf dem MacMorven Land und auf Crimor Castle vor sich ging.

Arailt der Fischer kam in den nächsten Wochen zwei weitere Male in die Abtei. Beim zweiten Besuch berichtete er leutselig dem Abt: »Ich muss mich wieder auf den Weg machen, der Laird und MyLady haben Gäste auf Crimor Castle und erwarten meine Fischlieferung.«

»Gäste?«

»Lord Hewen of Engwood und seine Gemahlin Iona, die liebreizende Schwester unseres Laird, sind wohl eingetroffen.«

Die Schwester des Laird und ihr werter Gemahl also. Mit etwas Glück bekommen wir hier durch deine Hilfe in den nächsten Tagen vielleicht sogar zwei zauberkundige, vom Teufel beseelte MacDeven Weiber in die Hand!, schoss es Murdo durch den Kopf. Er als erhobener Propst des Klosters, dem auch die Ausübung der Gerichtsbarkeit unterstand, freute sich vehement, wirkte jedoch nach außen sehr ernst. Er würde zu einer noch größeren Rache an den MacDevens kommen, als zuvor schon erhofft.

Als Arailt mit seinem Boot um die Flussbiegung verschwunden war, rief er Bruder Harrit zu sich.

»Gott will es: Zauberinnen und dem Teufel Zugewandte sind zu bestrafen«, begann er seine theologische Argumentation. »Die Tat von Davina MacDeven gegen mich, einem Gottesmann, als sie noch nicht die Gemahlin von Ayden MacDeven war, ist zu ahnden. Auch die Beweise gegen Iona of Engwood reicht zur Klageerhebung aus. Doch Bruder, Teufelshuren und böse Zauberinnen sind listig. So braucht es eine List sie in unsere Hände zu bekommen. Wir müssen zu unserem Eigenschutz die beiden Weiber aus dem

Castle locken. Der Herr sandte uns dazu den Fischer. Durch ihn werden wir sie in unsere Hände bekommen.«

»Wie das, Vater Abt?«

»Sie, die Zauberkundigen, werden die Augen nicht verschließen, wenn ein Mitglied des Clans verletzt ist und dadurch zu sterben droht. Ein solcher Zustand ist für sie immer von Vorteil, um durch einen Schadenszauber einem gottesfürchtigen geschwächten Mann die Seele zu rauben.«

»Was sollen wir tun?«

»Der Herr hat uns Arailt als Werkzeug für ihre Gefangennahme geschickt. Ihr werdet morgen zu dem Fischer gehen und ihn zum Wohlergehen aller reinen Gläubigen niederschlagen. Dann werdet ihr Edin als hilfesuchenden Vetter von Arailt zu ihnen aufs Castle schicken, er soll dort um Hilfe bitten und alles kehrt zur rechten Ordnung zurück.«

»Aber der Laird, der Lord und deren Männer?«

»Die sind mit dem Zusammentreiben des Viehs für All Hallow's Eve - dem Tag vor Allerheiligen, beschäftigt, damit sie die Tiere für die Überwinterung in die Ställe bekommen, wie Arailt mir berichtet hat. Also ist es wohl der beste Zeitpunkt um die Buhle und ihre Zauberschwägerin ohne größere Schwierigkeiten aus dem Castle und in unsere Hände zu bekommen.«

»Ah!«, machte Bruder Harrit, »Jetzt begreife ich alles. Gott im Himmel sei gelobt!«

Murdo war sich mehr als sicher, seine Ordensbrüder würden ihn nicht aufhalten. Im Gegenteil, sie würden ihm dabei helfen, seine Rache vollkommen zu machen!

Hinterlist

Vor einigen Tagen waren Iona und Hewen bei ihnen im Castle eingetroffen, nun saßen Davina und Iona in der Halle und unterhielten sich angeregt, während ihre Männer unterwegs waren.

»König Edward hat im August Aymer de Valence Earl of Pembroke zum Verwalter von Schottland ernannt. Verstehe einer den englischen König, da verliert einer eine Schlacht und wird einem anderen vorgezogen. Bei der engen Bindung zu Piers Gaveston, dessen Verbannung er im Juli aufgehoben und ihn am 6. August darüber hinaus, zum Earl of Cornwall erhoben, ein Titel, der zuletzt immer königlichen Prinzen vorbehalten war, und dann noch Gaveston fast den gesamten Besitz des 1300 verstorbenen Edmund übereignete, da hätte niemand damit gerechnet.«

Davina seufzte: »Diese Streitigkeiten in den Königshäusern, die Eroberungen Rückeroberungen und Plünderungen, sie bringen nichts wie Leid, vor allem mit katastrophalen Folgen für das gemeine Volk.«

In diesem Augenblick öffnete sich die Tür der Halle und eine der Torwachen, gefolgt von einem schmächtigen, etwa siebzehnjährigen jungen Mann, trat ein.

»Mylady, der junge Kerl hier sagt, er brauche dringend Eure Hilfe.«

Davina erhob sich von ihrem Platz. »Was gibt es?«

Der junge Mann hatte ein glatt rasiertes Gesicht und grüne Augen. Die Lippen waren zusammengekniffen und nach unten gezogen. Aus der Kappe, die er trug, fiel über die Stirn eine wirre aschblonde Strähne heraus. Seine Kleidung wirkte etwas zu weit. Er zog die Kappe vom Kopf und verbeugte sich. »MyLadys.«

Nachdem er sich wieder aufgerichtet hatte, knetete er die Kappe verlegen in den Händen. »Mein Name ist Edin, Mylady. Verzeiht, aber mein Vetter Arailt, er hatte einen Unfall. Er ist beim Angeln eines Hechtes für Eure Tafel aus dem Boot gestürzt und nachdem das Ruder ihn darauf hin auch noch am Kopf traf, wurde er besinnungslos. Er hat eine ziemlich große blutende Wunde am Hinterkopf davongetragen«, erklärte der junge Kerl mit einem höchst betroffenen Gesichtsausdruck. In seinen nächsten Worten schwang jedoch ein hoffnungsvoller Ausdruck mit: »Man sagte mir, Eure Schwägerin sei bei Euch zu Gast und kennt sich gut mit der Heilung solcher Wunden aus. Daher wollte ich Euch bitten, ob sie sich die Verletzung einmal anschauen könnte!«

»Arailt sagtest du?«

»Aye MyLady, Arailt der Fischer, aus dem Tal hinter dem Wald, drei Gehstunden von hier.«

Iona war ebenfalls aufgestanden. »Hast du ihn mit her gebracht?«

Der junge Mann schüttelte verneinend den Kopf. »Mir wurde einmal gesagt, man solle jemanden mit einer Kopfverletzung möglichst wenig bewegen, MyLady! Das hat mich dazu gebracht, unseren anderen Vetter bei ihm und in seiner Hütte liegen zu lassen«, erklärte er leise, mit einem äusserst beklommenen Gesichtsausdruck. »Darf ich ihn herholen?«

»Schon gut, wir kommen mit dir Edin!«

Iona sah zu Davina hin. »Ich gehe hinauf und hole meine Tasche. Soll ich dir deinen warmen Umhang mit nach unten bringen?«

Davina nickte zustimmend und während Iona durch die große Halle zur Treppe schritt, die in die oberen Gemächer führte, wandte sich Davina an den Torwächter: »Geordan, könntest du dem Stallmeister ausrichten, er solle uns die Pferde fertig machen! Kannst du reiten?«, fragte Iona den jungen Mann.

Er nickte bejahend.

»Sag Meister Tevin, wir brauchen außer unseren beiden Stuten, noch ein drittes Pferd.«

»Ohne Euren Befehl anzweifeln zu wollen, MyLady, darf ich mir erlauben zu bemerken, ob nicht besser ein paar Männer von uns mit Euch kommen sollten?«, erlaubte sich Geordan, zu bemerken, denn es gefiel ihm nicht, das seine Herrin und ihre Schwägerin alleine ohne männlichen Begleitschutz ausreiten wollten, um den Fischer zu helfen.

»Nicht nötig, wir brauchen sie hier auf ihren Posten. Das Tor soll nicht vernachlässigt werden, solange mein Gemahl mit meinem Schwager und den Männern das Vieh zusammen treibt. Es wird nicht allzu lange dauern, bis wir zurück sind und als Begleitung haben wir den jungen, kräftigen Burschen hier«, beruhigte ihn Iona diesbezüglich.

Davina kam gerade mit ihrem Lederbeutel der Salben, Tinkturen, Binden und einige Instrumente enthielt, zurück und reichte ihrer Schwägerin ihren Umhang.

»Caitriona schläft gerade selig. Der Tag heute, war wohl sehr anstrengend für sie.« Iona lächelte kurz vor sich hin, als sie an das Ballspiel dachte, mit denen sie und die Kinder sich den Vormittag vertrieben hatten. »Ich habe Arran gesagt, dass er auf sie achten soll, da wir fortreiten, gewiss aber bald schon wieder zurück sein werden.«

Als sie am Stall ankamen, erkundigte sich Stallmeister Tevin: »MyLadys, es gibt wohl Probleme?«

»Nein, nicht direkt, nur der Fischer braucht Hilfe. Wir reiten mit dem jungen Mann hier, er ist sein Vetter, zu ihm hin.«

»Ich habe Euch Lairy gesattelt, MyLady Davina. Eure Stute ist auch bereit, Lady Iona. Eine sehr edle Stute, sanft und von bester Zucht.«

»Ich danke Euch für Eure Einschätzung, Tevin. Mein Schwiegervater hat sie mir zu meinem Ehrentag geschenkt«, erwiderte Iona lächelnd.

»Ich hoffe, Ihr könnt Arailt helfen.«

»Wir versuchen unser Bestes.«

»Kann ich den Ladys aufhelfen?«

Nachdem er den beiden Ladys auf ihre Stuten geholfen hatte, reichte er dem Burschen die Zügel eines Pferdes. »Das ist Aros, behandelt ihn gut!«

»Danke für Eure Großzügigkeit, ich stehe jetzt schon tief in Eurer Schuld!«, säuselte der junge Kerl neben ihnen, während der Stallmeister ihn mit einem kritischen Blick taxierte.

»Seit wann seid ihr denn bei dem Fischer?«

»Erst seit ein paar Tagen«, antwortete er knapp und wich dabei dem Blick des Stallmeisters aus.

Kaum hatten sie den Wald mit seinen schattenwerfenden Bäumen verlassen, lag vor ihnen das Tal. Am bläulich klaren Fluss, der sich durch das Tal schlängelte, säumten einzeln stehende Bäume das Ufer. An einigen tieferen Stellen wuchsen Binsen und eine mit Stroh bedeckte Hütte war am

Ufer zu erkennen. Vor der Hütte hingen Netze und Gestelle zum Trocknen von Fischen waren aufgestellt.

Sie ritten vorbei an wild gewachsenen Büschen, ein steiniges Stück Weg bergab, gaben ihren Pferden die Sporen, um ihrem Anführer zu der kleinen niedrigen Steinhütte, die dem Fischer als Wohnraum diente, zu folgen.

Als sie ihr Ziel erreicht hatten, saßen sie von den Pferden ab.

»Edin kümmerst du dich bitte um die Pferde, während wir nach deinem Vetter schauen?«

»Ja, MyLady, das will ich gerne tun.«

Da die Tür offen stand, traten Davina und Iona umgehend ein.

»Guten Tag, MyLadys!«, begrüßte sie der Mann, der neben einer auf einer Decke am Boden liegenden Gestalt kniete. Diese lag so, das man von der Türe aus das Gesicht im Dunklen des Raumes nur schwerlich erkennen konnte. Der Mann erhob sich und deutete eine leichte Verbeugung an. »Verzeiht, dass Ihr Eure Zeit für meinen unachtsamen Vetter opfern müsst«, betonte er sich entschuldigend. Seine Augen jedoch waren eisig, zogen sich kurz zusammen und ein seltsames Lächeln erschien auf den Lippen, als er hinzufügte: »Der HERR segne Euch für Eure Hilfsbereitschaft!«

Iona, die näher an dem am Bodenliegenden stand, wurde von einem unguten Gefühl erfasst. Ihr wurde jedoch zu spät bewusst, das hier etwas nicht stimmte. Im Bruchteil einer Sekunde wirbelte sie zu Davina herum. In diesem Augenblick sprang der Mann auf sie zu und packte sie von hinten.

Ein anderer Mann, der sich wohl irgendwo vor der Hütte verborgen gehalten hatte, ergriff gerade Davina. Man zerrte sie beide gewaltsam durch die Tür hinaus, ins Freie.

»Lasst uns in Ruhe«, rief Iona empört aus und trat nach ihrem Häscher.

»Halt dein Maul du Teufelsstück«, raunzte der Mann sie an.

Beide Frauen schlugen mit ihren Fäusten, fuhren mit ihren Fingernägeln den Männern ins Gesicht, um sich gegen sie zur Wehr zu setzen. Iona erwischte den Finger des einen mit ihrem Mund. Er schrie fluchend auf, als ihre Zähne in sein Fleisch fuhren. Ihr Peiniger griff nach ihren Haaren, drehte sie um die andere Hand, riss ihren Kopf nach hinten, bis ihre Zähne losließen. Seine geschundene, nun freie Hand, umfasste ihre Kehle und drückte zu.

»*Ich werde sterben*«, schoss es ihr durch den Kopf. Iona wusste nicht, woher sie die Kraft noch schöpfte, doch sie wehrte sich trotz des immer stärker werdenden Luftmangels weiter.

Hinzu kam gerade auch der junge Kerl, der sie zu der Hütte des Fischers gelockt hatte. Doch nicht ihnen zur Hilfe, wie Davina gehofft hatte.

»Halte die Hexe an den Füßen fest, sonst entwischt sie noch.« So hatte auch Davina keine Möglichkeit sich zu erwehren. Ihre Bemühungen sich aus der bedrohlichen Situation zu befreien waren umsonst gewesen. Sie wurden mitleidlos zu Boden gerungen und gefesselt.

Beide Frauen bekamen Säcke über den Kopf gestülpt.

»Schaffen wir sie weg.«

»Patre, wartet!«

»Was gibt es, Diakon Edin?«

»Was ist mit dem verletzten Fischer?«, erkundigte sich der junge Mann.

Etwas genervt bekam er zur Antwort: »Lass ihn liegen. Wir überstellen ihn der Gunst Gottes und seiner Gnade.«

»Mach voran Edin, hol die Pferde bei«, wurde er umgehend von dem anderen gerügt, dem es offenbar zu lange dauerte. Unsicherheit blitzte kurz im Gesicht Edins auf, denn wenn die beiden Frauen auch Gespielinnen des Teufels waren, so war der Fischer in seinen Augen ein rechtschaffener Mann, den man hatte, der Umstände wegen in die Sache hineinziehen müssen. Aber er war Diakon, hatte den übergeordneten Brüdern zu gehorchen. So ging er los, um die Pferde zu holen.

Sie hievten die beiden Frauen auf die Pferde, stiegen dann selbst auf und machten sich mit ihrer Beute anschließend davon.

Vermisst

Es wurde schon dunkel, als Ayden, Hewen und ihre Begleiter heimkehrten. Alle waren gut gestimmt, denn nachdem sie die Schafe zusammen getrieben hatten, war ihnen auch das Jagdglück an diesem Tag noch mehr als hold gewesen. Sie hatten zwei Hirsche erlegt. In so froher Stimmung traten Ayden und sein Schwager in den Wohnturm, betraten die Halle und ließen sich in den Sesseln vor dem Kamin nieder. Doch kurz darauf lag große Sorge in Aydens Stimme. »Wo sind unsere Gemahlinnen?«, fragte er Geordan.

»Ausgeritten Laird, weil einer aus unserem Clan um Hilfe bat.«

Arran kam gerade in die Halle hereingesaust und drückte die Seitentür hinter sich zu. Er trug ein knielanges Nachtgewand aus handgewebtem Stoff. Er sah sich in der Halle um, dann blickte er zuerst Ayden und dann Hewen an »Ach ihr seid es nur!«, stieß er hervor.

An Aydens hochgezogener Braue erkannte er, dass er irgendeine Benimmregel verletzt hatte, und hielt den Mund, als dieser mühsam beherrscht weiter sprach: »Wann genau sind sie aufgebrochen, Geordan?«

»Zwischen dem späten Nachmittag und der Verpera, Laird.«

»Sie sind also zu dem Fischer, da er sich beim Fischen verletzt hat und die Hilfe einer Heilkundigen benötigt?« Ayden musste sich sicher sein, dass sein ungutes Gefühl ihn nun nicht trog, und er hakte daher noch einmal nach: »Sein Vetter war hier und hat um Hilfe ersucht?«

»Aye Laird! Sie haben den jungen Mann, der sich als Edin und Vetter von Arailt vorstellte, ein Pferd überlassen und sind mit ihm zu des Fischers Hütte geritten.«

Aydens Herz schien in seiner Brust zu zerbersten. »Verdammt! Arailt der Fischer hat keine Familienangehörigen mehr. Zur Hölle!«

Während Geordan mit zusammengepressten Lippen dastand, murmelte Arran mit äußerst betrübtem Gesichtsausdruck: »Habe ich etwas falsch gemacht? Mir hat Iona gesagt, ich solle gut auf Caitriona aufpassen, was ich auch gemacht habe. Ich habe mit ihr, als sie wach wurde, Brot und Suppe gegessen, sie danach wieder ins Bett gebracht und ihr eine Geschichte erzählt.«

»Nein, du nicht, Arran«, beruhigte ihn Ayden.

»Wir sollten keine weitere Zeit verschwenden und zur Hütte des Fischers reiten«, schlug ein ebenso besorgt dreinschauender Hewen vor.

»Ich komme auch mit!«, erklärte Arran entschlossen.

»Ganz sicher nicht!«, entgegnete Ayden ihm, in unduldsamen Tonfall.

Arran verzog ärgerlich das Gesicht, während er hervorstieß: »Ich will aber auch etwas tun, wenn sie in Gefahr ist, ich bin ihr Bruder. Zumal wir beide doch wissen: Als Retter habe ich mich schon bewährt.«

»Alles was du tun wirst Arran, du wirst hier bleiben und dem Wunsch deiner großen Schwester entsprechen, der da lautet auf deine kleine Schwester zu achten.«

In den Augen des Jungen lag Verzweiflung.

Ayden holte tief Luft, um sich wieder abzuregen, und schenkte seinem jungen Schwager ein beruhigendes Lächeln. »Wir werden sie finden. Es ist alles gesagt, also versprich mir, dass du dich nicht aus dem Castle zu stehlen versuchst.«

»Ich verspreche es dir!«

Die Nacht hatte sich mittlerweile über das Land gelegt. Nach kurzen Anweisungen von Ayden hob und senkte sich das eiserne Gitter wieder. Die Reiter, zehn an der Zahl, setzten kurz nach dem Durchreiten des Torhauses zum Galopp an. Über ihnen brach der Mond gerade durch die Wolkendecke und warf ein silbernes Licht auf den Pfad, der zum Dorf hinunter führte.

Die Männer kannten das Ziel. Als sie das im Mondlicht liegende Tal vom Waldhügel aus sahen, lockerten die Männer die Zügel ihrer Pferde und überließen den Pferden den Weg zur Fischerhütte hinunter.

Es war nur noch ein kleines Stück. Die Steinhütte lag in völligem Dunkel.

»Eigentümlich!«, meinte Hewen leise, »hier scheint niemand zu sein, es ist keinerlei Licht hinter dem Fenster zu erblicken! Vielleicht haben wir sie verpasst und sie sind längst zurück.«

»Lasst uns nachsehen!«

Sie fanden Arailt in der Hütte, mit einer tiefen Kopfwunde am Boden liegend.

Der Fischer kam kurz zu sich, als Ayden ihn an der Schulter rüttelte.

»Oh`es schmerzt höllisch«, stieß er hervor, um dann wieder bewusstlos zu werden.

»Was tun wir?«

»Wir nehmen ihn mit, denn mehr können wir im Augenblick nicht tun.« Ayden sah zu seinen Männern. »Sorgt dafür, dass er einen Verband um den Kopf bekommt und schafft ihn auf ein Pferd. Wir schauen uns hier noch etwas um.« Mit diesen Worten drehte sich Ayden um, begab sich zu seinem Pferd. Er holte zwei kurze Fackeln aus der Satteltasche, zündete sie an und reichte eine davon Hewen.

»Das ist mir eine wohlbekannte Tasche«, sagte Hewen kurz darauf, als er etwas in die Luft hielt. »Sie waren also hier!«

»Wenn wir zumindest herausfinden würden, wo sie jetzt sind oder man sie hingebracht hat, dann wären wir einen Schritt weiter.«

»Ein Vorteil ist, dass es uns Arailt vielleicht sagen kann. Aber dazu muss er es erst einmal können«, gab Hewen von sich. »Also müssen wir abwarten.«

Ayden nickte ihm zustimmend zu und beiden war anzusehen, dass ihre Besorgnis nicht weniger wurde. Wer wusste schon, was der oder die Entführer mit ihren Frauen vorhatten. Denn, dass sie den Fischer unverarztet in der Hütte hätten liegen lassen und den Heimweg angetreten hatten, wäre sehr ungewöhnlich, das war den Männern bewusst.

Während sie auf dem Rückweg waren, zogen Wolken auf und es fing kräftig an zu regnen.

»Wo sind sie«, fragte Arran, als sie durchnässt ins Castle zurückkehrten.

»Wir wissen es noch nicht.«

»Die Worte, dass ihr sie findet und heimbringt, sie waren also blanker Hohn, Laird?«

Ayden warf seinem jungen Schwager einen finsteren Blick zu. »Du solltest dich besser bemühen dein Mundwerk mir gegenüber in den Griff zu bekommen, Arran«, polterte Ayden in gereiztem Ton.

Arran, räusperte sich beklommen. »Verzeih mir Ayden, ich wollte nicht respektlos sein. Ich habe Angst um sie beide. Was willst du jetzt machen?«

Ayden seufzte: »Ich weiß, du machst dir Sorgen, was ich verstehe, denn wir machen sie uns auch. Wir können im Moment nicht mehr tun als abzuwarten und hoffen, dass uns Arailt mehr sagen kann, wenn er zu sich kommt.«

»Vielleicht kann Tamry helfen, eine Spur zu finden!«

Ayden schüttelte den Kopf. »Er und auch kein anderer unserer Hunde wird nach dem Regen noch eine Fährte aufnehmen können.«

So verging die Zeit in Ungewissheit und Wartens, die ihnen vorkam, als sei es die Ewigkeit.

Ihre Ratlosigkeit und die Ungewissheit stiegen von Stunde zu Stunde und machte sie krank, da Arailt auch am darauffolgenden Morgen immer noch nicht wieder zu Bewusstsein gekommen war.

Ayden fokussierte die rothaarige rundliche Frau mit dem Kopftuch unter fragendem Blick aus müden Augen. Er hatte die ganze Nacht kein Auge zugemacht. »Ist Arailt endlich zu sich gekommen?«

»Nein Laird, leider nicht! Sein Puls und der Herzschlag sind gut. Man kann also nicht mehr tun, als zu warten, bis er zu sich kommt.«

»Verdammt!«

Die Heilerin aus dem Dorf riss ihre Augen auf, atmete tief durch und schwieg einen Augenblick. Dann entschuldigte sie sich mehrfach dafür, dass sie nicht mehr tun konnte, und endete mit den Worten: »Ich muss zurück ins Dorf.«

»Du kannst gehen!«, presste Ayden zähneknirschend heraus. »Hab Dank!«, setzte er im freundlichen Ton nach, als sie die Tür erreicht hatte, in dem Wissen, dass die Frau für die ganze Angelegenheit nichts konnte. Sie hatte ihr Bestes gegeben.

In der Hölle

Der Gestank des feuchten und dunklen Verlieses, in das man sie gesperrt hatte, war fast unerträglich.

»Davina, bist du da?«, krächzte Iona mit belegter Stimme.

»Ja, hier«, kam leise die Antwort. »Man hat uns entführt!« Schritte waren von draußen zu vernehmen. Jemand kam. Ein Riegel wurde zurückgezogen. Die schwere Holztür öffnete sich knarrend. Licht flackerte auf.

Beide Frauen schlossen geblendet vom Schein einer Fackel ihre Augen, die sich nach dem Öffnen kurz darauf entsetzt weiteten.

Den Mann im Habit einer Ordensgemeinschaft erkannten sie sofort.

Murdo beobachtete sie mit steinerner Miene.

Dies hier ist nicht wirklich. Ich bin in einem Alptraum, und wenn ich aufwache…, dachte Davina, konnte den in Schreck und Hoffnung gefassten Gedanken jedoch nicht weiter denken, da Murdo ihr einen Tritt mit seinen in Sandalen steckenden Fuß versetzte.

»Ich denke, so wie ihr mich gerade anstarrt, erkennt ihr beiden Sünderinnen mich wohl! Gott sei Dank, habe ich nach mühsamen Vorarbeiten nun die unendliche Freude, mich mit euch ausgiebig unterhalten zu können. Natürlich nicht hier, sondern in einem anderen Raum.« Etwas Satanisches lag in seinem Gesichtsausdruck.

Wenn Blicke töten könnten – Gott möge ihr vergeben, sie hätte keinen Moment gezögert, diesen Mann mit ihrer Wut zu versenken. Langsam und qualvoll.

Murdos Stimme triefte bei seinen nächsten Worten geradewegs vor Hohn: »Dies auch ohne eure ach so hochgeschätzten Herrn Gemahle darüber zu informieren.

Bruder Kendrew, Bruder Harrit, bringt mir die beiden in den Verhörraum.«

Beiden Frauen lief unvermittelt ein kalter Schauer über den Rücken.

Zwei Männer, gekleidet in Kutte erschienen. »Aye, Propst Murdo!«

Sie erkannten die beiden Kerle, die sie in der Fischerhütte überwältigt hatten, sofort, nur dass diese jetzt ebenfalls Kutten trugen. Der eine hatte Kratzer und Prellungen im Gesicht, der andere ein blaues Auge und eine aufgeplatzte Lippe.

Die beiden packten sie grob, schleiften sie aus dem Kerker und durch einen dunklen, modrigen Gang.

Eine große Ratte rannte den Gang entlang, sprang verscheucht in eine Spalte des Bodens und verschwand.

Beide Frauen ließen ihren Blick verzweifelt durch den Raum schweifen, in den man sie gerade gestoßen hatte. Kalter Schauer erfasste sie. Man hatte sie in einen Verhörraum gebracht, der mit schauerlichen Gerätschaften bestückt war, dazu gehörten eine Streckbank, ein Kohlebecken, Ketten, Seile, Peitschen und ein Verhörstuhl.

»Du Weib…«, Murdo deutete zu Davina hin, »wirst von mir des Paktes mit dem Teufel und der Teufelsbuhlschaft bezichtigt. Ich kann es selbst bezeugen, da ich ein Opfer deiner teuflischen Verführung geworden bin«, begann Murdos eine flammende Rede. »Diese Buhle ist das Böse, sie hat mich durch Schadenszauber zum Laster der Geilerei verführen wollen«, klagte er. »Mir ist durch sie Unbill entstanden, so sehe ich mich zum Handeln gezwungen!« Er versuchte seine Worte mit einem möglichst bedauernd wirkenden Gesichtsausdruck zu untermauern. »Du hast eine schwere Sünde auf dich geladen, indem du mich, den Gottesknecht, schnöde bei deinem Laird beklagtest, es sei meine Schuld. Dafür bricht nun das Strafgericht über dich herein.«

Er legte das Ordensgewand ab, dass er trug. In Bruche und Hemd gekleidet drehte er sich um. »Seht her! Siehe Sündige, was du mir eingebrockt hast«, dabei hob er sein Hemd an. Sein Rücken kam zum Vorschein. »Seht meine Narben. Ich trage sie, weil DU mich, die damals noch angebliche Jungfrau, durch die Eingabe deiner schmutzigen Gedanken zur teuflicher Unzucht mit Dir anrief!«

Murdos gesamter Rücken war von bleichen Linien überzogen, die sich von der Haut wulstig abhoben. Er ließ das Hemd wieder fallen, zog sein Ordensgewand wieder an und begann zu schildern: »Sie haben mich wegen dir Weib und der angeblich an dir begangenen Verfehlung gezwungen, mich mit in Essig getauchten Riemen zu geiseln. Tag für Tag.« Er sah zu Iona. »Du Frauenzimmer, wirst beschuldigt mit Elfen und Geistern in Verbindung zu stehen. Gib besser gleich in einem Sündengeständnis zu, bei Treffen mit dem Teufel und anderer Dämonen anwesend gewesen zu sein, um als deren Schülerin Braukünste von Zaubertränken zu erwerben. Ich bin berechtigt in dieser Angelegenheit auch gegen dich zu ermitteln.«

Ionas Blick war der einer stolzen Highlanderin, als sie hervorstieß: »Das stimmt doch gar nicht! Ich bestreite sämtliche Vorwürfe, die Ihr gegen uns erhebt. Ich bin dem Heilen kundig, zum Wohle der Menschen und sonst nichts.«

»Das Verhör der Pein ist als ein legitimes Mittel der Wahrheitsfindung zugelassen. Du solltest also gut darüber nachdenken, ob du dich weiterhin stur zeigst, Kräuterweib.« Sie wussten beide was dies hier bedeutete: Von diesem Mann konnten sie keinen Akt der Güte erwarten. Er würde sie foltern.

»Im Falle verstockten Leugnens, könnt ihr beide nach dem Verhör euren Tod als eine Wohltat des Himmels betrachten. Gesteht besser, denn man tritt durch reinigendes Feuer sündenlos vor Gott. Oder ich lasse euch dem peinlichen Verhör solange unterziehen, bis Ihr gesteht.«

Davina blickte über ihre Schulter zu Iona hin. Diese fing ihren Blick auf und schüttelte den Kopf. »Wir haben nichts zu gestehen.«

»Wie ihr wollt.«

»Beginnen wir also die Schlacht gegen den Teufel, an ihrem lüsternem Leib«, dabei zeigte er auf Davina.

»Rühr sie nicht an«, rief Iona aus.

Auf den Wink Murdos hasteten die beiden Priester auf Davina zu, rissen ihr das schon zerfetzte Gewand bis auf das Unterkleid von ihrem Körper. Sie schaute zu dem hühnenhaften Priester auf, dessen dunkle Augen fast ekstatisch die ganze Zeit lang, an ihr klebten wie Schneckenschleim. Er machte keinen Hehl daraus, wohin sein Blick schweifte: direkt auf ihre Brust.

Murdo schaute mit emotionslosem Gesichtsausdruck zu, bis er hervorstieß: »Bereitet sie zur Befragung vor.«

»Lasst mich sofort los«, rief Davina verzweifelt aus. »Aua.«

Die beiden Prister zogen sie in den hinteren Teil der Folterkammer, in der ein Holzstuhl mit Lehnen stand. Man drückte sie auf den Stuhl nieder, band ihre Arme an den

Lehnen und ihre Füße an den Beinen des Stuhles mit Riemen fest. Um ihre schlanke Taille legten sie einen breiten Lederriemen und zogen ihn ebenso fest an.

Einer der Priester nahm eine Eisenschere und schnitt ihr die fülligen lockigen Haare einfach in Büschel ab.

Davina schluchzte unter Tränen, während sie auf ihre am Boden liegende Haarpracht starrte. Sie schloss die Augen, denn die Schmach die sie empfand war kaum zu ertragen.

»Seid ihr denn noch bei Trost?«, schrie Iona entsetzt auf.

Murdo machte ein paar Schritte auf sie zu. »Jetzt wird bezahlt«, knurrte er. Dann deutete er zur Deckenmitte des Raumes hin. Dort hing ein Seil von der Decke. »Wenn du nicht schweigst, verruchtes Weib, werde ich dir die Hände auf dem Rücken zusammen binden und dich dort in die Höhe ziehen lassen. Soweit, bis deine Zehen den Boden nicht mehr berühren.« Dann griff er nach einer Rute. »Damit schlage ich dich so lange, bis keine heile Stelle mehr auf deinem Hintern ist und das Blut hervor spritzt.« Er sah zu seinen Ordensbrüdern hin, die bei Davina standen. »Legt ihr Beinschrauben an.«

Das Foltergerät umschloss ihren linken Unterschenkel.

»Beginnt das Verhör!«

Mit Entsetzen sah Iona wie der Prister an der großen Schraube zu drehen begann. Ihre Augen waren vor Sorge um Davina weit aufgerissen. »Nein!«

»Würdet ihr Frauenzimmer kooperieren, müssten wir das nicht tun.«

Davina spürte, wie der Druck auf ihr Bein unbarmherzig zunahm und sich Schmerz bemerkbar machte. »Bitte tut das nicht!«, keuchte sie.

»Gestehe mit dem Teufel in Bunde gewesen zu sein, als du mich bedrängtest.«

Ihr Brustkorb hob und senkte sich hektisch, als sie hervorstieß: »Ich kann mich an nur einem Treffen mit dem Teufel in einer Kirche erinnern. Dieser Teufel ward Ihr, Murdo. Der rettende Engel und Zeuge Eurer Verruchtheit, der ist heute mein Gemahl.«

Ein breites Grinsen zeichnete sich auf dem Gesicht Murdos ab. »Dies von dir zu hören, zeugt von sehr viel Mut, den dir der Teufel einflüstert. Und von sehr viel Dummheit.«

Davina versuchte vergebens gegen die schrecklichen Qualen anzukämpfen, die sie empfand, als die Schrauben immer enger und enger gedreht wurden. Sie konnte nicht mehr, glaubte ihr Unterschenkelknochen würde bersten. *Ich kann es nicht ertragen!* Sie warf den Kopf zurück und schrie mit aller Leibeskraft: »Nein, ohhhhh Gott, es tut so schrecklich weh!«

»Quält dich das, dann gestehe!«, fuhr man sie an.

Ihr wurde schwarz vor den Augen und kurz darauf wurde sie bewusstlos.

Iona sah ihre Peiniger hasserfüllt an.

»Nun, ich hoffe, du hast daraus gelernt, dass es besser wäre zu gestehen. Ich werde euch beiden schon noch beibringen, was es heißt meine Gefangenen zu sein«, drohte Murdo. »Wir werden sie morgen erneut verhören, für heute ist es erst einmal genug. Und keine Sorge Iona, dann bist auch du dran ob deiner Zaubertätigkeit befragt zu werden.«

Iona spuckte Murdo voller Verachtung ins Gesicht, was ihr zwei heftige Ohrfeigen einbrachte.

»Du willst wohl aus Loyalität zu deiner vom Teufel beseelten Schwägerin schon jetzt Schmerzen erleiden? Ich bin gerne bereit, dir diesen Wunsch zu erfüllen.«

Murdo überlegte, was er mit ihr machen sollte, um sie zu demütigen und sich den nötigen Respekt zu verschaffen. Er schlang ihr im nächsten Augenblick schon ein Lederband um den Hals.

Ionas Augen waren weit aufgerissen, während er sie vor sich auf die Knie würgte. Es war in kurzer Zeit das zweite mal, das man ihr die Kehle zudrückte und ihr die Luft zum Atmen nahm.

Mitleidlos sah ihr Peiniger in ihre panisch geweiteten Augen. Auf einmal kicherte er leise. »Das hier hat im Grunde noch nichts mit dem Verhör an sich zu tun. Es ist lediglich eine kleine Kostprobe von dem, was dich erwartet, wenn du mich noch einmal anspuckst, Zauberin!«

Iona tanzten schwarze Punkte vor den Augen, sie glaubte schon, das Bewusstsein zu verlieren, da ließ er den Riemen los. »Nun weißt du elendiges Kräuterweib, was mit dir bei einer weiteren Respektlosigkeit und Auflehnung gegen meine gotteswürdige Person passiert.« Er befahl er seinen beiden Ordensbrüdern: »Und ihr, ihr bringt die beiden in das Verlies zurück. Lasst sie ruhen, denn sie werden es für die bevorstehende Befragung noch gut gebrauchen können. Es ist Zeit für unser Mittagsstundengebet. So wollen wir nach oben gehen, vor dem Altar niederknien, um gemeinsam für die Seele der Sünderinen und ihre Einsicht beten, bereit zu sein ihre sündhafte Schuld zu gestehen.«

Als Davina Stunden später in der von einer Fackel beleuchteten Kerkerzelle erwachte, liefen ihr Tränen über die Wangen und ihr leise klagendes Wimmern war zu hören.

Iona, die man weder gebunden noch angekettet hatte, nahm sie sanft in die Arme. Eigentlich hätte auch sie selbst ein wenig Trost gebraucht, doch sie flüsterte ihrer Schwägerin beruhigende Worte zu, während sie ihr die Hand auf den Kopf legte und ihr das kurze Haar kraulte. Mehr konnte sie für Davina nicht tun. Wenn doch nur ihre Gedanken betäubt wären. Sie würde viel darum geben, zu vergessen, was geschehen war. Stattdessen brannte die Erinnerung wie eine unbarmherzige Welle aus Wut und Entsetzen gegen ihr Bewusstsein.

Davina hatte einige Stunden geschlafen, sie zuckte zusammen, als sie neben sich eine Maus quieken hörte, nun zitterte sie am ganzen Leib. Bittere Tränen liefen an ihren Wangen hinunter, als sie ihr Bein besah. Sie biss die Zähne zusammen und kämpfte den Schmerz nieder, während sie mit der Hand über die malträtierten Stellen fuhr, die bläuliche Verfärbungen zeigten und an einigen sogar bluteten. *Warum nur müssen Menschen andere Menschen so quälen?* Die Angst, vor dem, was man ihnen noch alles antun würde, schnürte ihr regelrecht die Luft ab.

»Ich bedaure, dir nicht helfen zu können!«, hörte sie Iona sagen, als sie auch schon Schritte vernahmen und die Tür geöffnet wurde.

»Nun, habt ihr mir heute etwas zu den euch angelasteten Taten zu sagen?«

Beide Frauen schüttelten den Kopf.

»Wie ihr wollt!«

Wieder wurden sie in den Peinraum geschleift.

»Bindet die Teufelsbuhle auf das Schrägbrett. Der Zauberin spannt ihre Füße in das Fußbrett ein.«

Davina wurde auf die Folterbank gebunden und Iona sitzend an die Wand gekettet, ihre Füße von den Schuhen befreit, ihre Beine in die Löcher eines groben Brettes, das auf einem Klotz befestigt war, gelegt.

»Ich bin gespannt, wie lange ihr durchhalten werdet.«

»Die Folter vermag zwar unsere Körper zerstören, aber glaubt nicht, dass ihr uns brechen könnt. Wir gestehen nichts ein, dessen wir nicht schuldig sind, nur weil Ihr es wollt.«

»Wir werden sehen!«

»Brennnesseln nutzt du doch für alle möglichen Tränke, nicht? Du weißt um die blutreinigende Wirkung, die auch bei Vergiftungen hilft. Wie sagtest du: Eine uns vom Herrn geschenkte Pflanze. Doch wohl jeder kennt dieses Brennen auf der Haut, wenn man mit den Blättern in Berührung kommt. Eine unangenehme Erfahrung! Doch auch so nützlich bei der Züchtigung, der Befragung und anderer unvorstellbarer Dinge. Du bist gewiss auch schon mit Brennnesseln in Kontakt gekommen? Daher weißt du, es juckt, brennt, die Wirkung steigt an, dessen Höhepunkt, entstehende Pusteln sind. Während wir also deine Schwägerin dem Verhör unterziehen, darfst du unter dem Genuss brennender Fußsohlen und Unterschenkel zusehen, um so zu begreifen, dass ihr selbst schuldig seid, an ihrer Peinigung. Aber genug der Worte!« Er schlug mit verbissenem fanatischem Ausdruck mit einem Büschel Nesseln mehrfach auf ihre Fußsohlen und die Unterschenkel. Ihre Haut reagierte rasch mit Quaddeln und ein Juckreiz plagte sie bald arg.

»Ist diese Behandlung nicht im wahrsten Sinne des Wortes sehr prickelnd, Unholdin?«

In Murdos Augen stand die blanke Gier eines wahnsinnigen Sadisten und verhieß nichts Gutes. »Für die andere holt mir zwei Krüge mit Wasser. Vergesst den Trichter nicht!«, befahl er. Er kicherte leise in sich hinein. Als der Priester zurückkehrte, hielt dieser Davina die Nasenlöcher zu, bis sie den Mund öffnete. Er steckte ihr gewaltsam den Trichter in den Mund und drückte ihn tief in den Schlund hinein. Ein Zweiter goss Wasser aus dem Krug in den Trichter. Die Priester sahen gelassen zu, wie sich die Augen der Unglücklichen panisch weiteten.

Murdo genoss die Folterqualen seiner Opfer sehr. Das grausame Spiel erregte ihn. Seine Augen glitzerten, als ob er besessen wäre. *O mein Gott, welch eine Genugtuung! Die Rache ist mein, sprach der Herr!* Wie gern würde er nach ihrem Tod sich der Rache brüsten! Aber natürlich durfte er es nicht wagen. Jetzt erst richtete er sein Augenmerk wieder auf das Tun seiner Ordensbrüder. Die beiden hörten erst einmal mit Nachgießen der Flüssigkeit auf.

Davina warf ihnen aus blutunterlaufenen Augen einen um Erbarmen heischenden Blick zu.

Ungehalten sah Murdo herüber, als er unzufrieden murrte: »Brüder, habe ich etwas von Aufhören gesagt? Sie ist ein harter Brocken, also macht weiter. Der Teufel ist es, der der Gemarterten die Kraft verlieh zu schweigen.«

Wieder und wieder zwang man Davina, von der Flüssigkeit zu schlucken, so dass ihr Bauch sich nach einiger Zeit deutlich nach außen wölbte. Wieder schütteten sie Wasser in den Trichter, obwohl sie bald erbärmlich hustete und ein Teil des Wassers aus ihren Mundwinkeln herausquoll.

»Brecht den Teufel, der in ihrer Seele wohnt. Schwemmt ihn aus ihrem sündigen Leib, so dass sie gestehe.«

Iona selbst gequält, musste dem schrecklichen Schauspiel beiwohnen.

Murdo wandte sich ihr wieder zu. »Die Verzweiflung über das selbstverschuldete Elend und nicht helfen zu können, Zauberin, sie übersteigen wohl gerade deine eigenen Qualen. Du solltest eurer beider Schuld eingestehen, das könnte dein Herz erleichtern. Es kostet dich doch nur ein paar Worte.«

Davina begann auf einmal zu würgen. Die Priester sahen sich gezwungen, aufzuhören und ihr den Kopf zur Seite zu drehen, da sie mit dem Wasser ihren Mageninhalt erbrach.

Als ihr Magen völlig entleert war, ergriff eine erlösende Ohnmacht Besitz von ihr.

Einer der Priester sah sich somit gezwungen, die Reste des Erbrochenen mit den Fingern aus ihrem Mund zu entfernen.

Murdo starrt auf die bewusstlos daliegende Davina. Er befürchtete, er habe ihr zu viel zugemutet. Er eilte mit schnellen Schritten an die Peinbank heran, auf der sie lag und tastete an ihrem Hals nach ihrem Puls. Er musste einfach auf Nummer sichergehen, dass sie noch am Leben war, und er fand ihn. »Bringt sie weg«, gebot er.

Iona war verzweifelt. Wie konnte man ihnen so grausame Dinge antun und vor allem Davina so schrecklich quälen? »Warum tut Ihr das?«, stieß sie in ihrer Verzweiflung hervor. »Warum quält Ihr vor allem Davina so sehr?«

Murdo kam zu ihr und beugte sich zu ihr herunter. »Kannst du es dir nicht denken. Ich habe euch doch meinen Rücken gezeigt. Durch ihre Schuld wurde ich von eurem Clanland und aus meiner Kirche verjagt. Dein Vater und dein Bruder sind ebenso schuldig. Ich will das auch sie dafür leidet! Denn sie werden eines Tages erfahren, dass ich euch ihnen nahm. Natürlich hat die liebe Davina mehr Schuld gegen mich auf sich geladen, schon wegen ihrer damaligen Verweigerung mir ihre Unschuld zu geben, was ein größeres Leiden für sie zur Folge haben muss. Aber keine Sorge, ihr werdet zum Schluss das gleiche schmerzvolle Ende finden.«

»Ihr glaubt wohl auch noch, Ihr kommt damit ungeschoren davon?«

»Weder deine Großväter, noch dein Vater oder deine Brüder, noch dein Gemahl werden gegen mich und das von mir über euch verhängte Urteil etwas unternehmen können. Ich bin ein Mann Gottes, Abt dieses Klosters und stehe daher unter dem Schutz der Kirchenobersten. Die schlimmste menschliche Sünde ist ein Bündniss mit dem Teufel einzugehen. Trotzdem soll der Sünder die Möglichkeit haben Buße zu tun. Ich bin befugt Zauberinnen zu entlarven und zu richten. Sollten sich eure Verwandten und Gatten gegen das Urteil stellen, dann werden sie nicht nur leiden, sondern auch noch ihr Hab und Gut und das Landesrecht verlieren.«

»Wir gestehen aber nichts, elender Hund! Eure Brüder werden schon dahinter kommen, was für eine verlogene Bestie ihr seid!«

Wut vermischte sich mit dem Gefühl von Verzagen, da die ihm so verhassten Weiber nicht gestanden, was er wollte.

»Vielleicht sollte ich ein paar eurer geliebten Bettler zu einer Armenspeisung in unser Kloster einladen, dann so nebenbei durchblicken lassen, dass sie auch ein wenig Spaß mit ein paar eingekerkerten Weibern haben könnten.« Er griff Iona in den zerfetzten Ausschnitt, holte mit seiner Hand eine ihrer runden und festen Brüste hervor. »Gewiss nähme der ein oder andere eine solche Einladung dankbar an, da es so manchen auch an solchen Möglichkeiten mangeln wird, um einen solchen Hunger an einem, wenn auch unrein und befleckten Leib einer Hure zu stillen.«

Iona war verzweifelt, über diese Androhung, ließ es sich jedoch nicht anmerken.

»Bist du nun geneigt eure Buhlschaft mit dem Teufel einzugestehen oder sollen wir uns die liebe Davina noch einmal vornehmen?« Er erwartete sie erschrocken über seine Bosheit zu sehen und dass sie nun flehend und bettelnd zusammenbrechen würde. Doch sie reagierte anders als er dachte.

»Ihr seid wahnsinnig, Murdo! Fahrt zur Hölle!«

Iona rechnete schon mit weiterer Folter für ihre Worte, doch Murdo verzog lediglich teuflisch sein Gesicht. »Hat deine hübsche Frau Mutter dir etwa nicht geraten, solltest du je in solche Lage geraten, zu gestehen, weil es sonst noch viel schlimmer mit dir enden würde? Ihr hochmütigen Metzen werdet schon sehr bald wissen, was die wahrhafte Hölle ist. Erst ein Mensch, der keine Schmerzen mehr hat, ist tot und hätte keine Empfindung für die Wonne, solche noch ertragen zu dürfen.« Seine Augen funkelten, als er hervorstieß: »Fang schon einmal an, an das lodernde Feuer eines Scheiterhaufens zu denken, das an deinem Körper hinaufleckt. Bete zu Gott, dass er euch dann auch in eurer aberwitzigen Torheit diese Standhaftigkeit verleiht, die ihr gerade noch versucht an den Tag zu legen.«

Er ließ auch Iona von den Priestern, als diese in die Folterkammer zurückkehrten, in das aus dem Felsgestein herausgehauene wenige Quadratmeter große Verlies zurückbringen, in dem Davina bewusstlos auf dem Boden lag.

Davina wollte nur noch eines; diesen Schreckensort verlassen, egal wie. Es war so grausam, dass trotz der Angst vor dem Verbrennen, der Scheiterhaufen dieser Hölle für sie nur noch vorzuziehen war. »Wenn sie mich erneut holen, werde ich gestehen mit dem Teufel im Bunde gewesen zu sein.« erklärte Davina mit heiserer weinerlichen Stimme.

»Bist du verrückt?«, fuhr Iona ihre Schwägerin, deren Kopf sie in ihren Schoß gebettet hatte, aufgebracht an.

»Ich kann nicht mehr«, war Davinas Antwort. Sie erstarrte als monotone dumpfe Gebetsformeln zu ihnen in den Kerker schallten.

Die beiden gequälten Frauen konnten weder wissen, das ihre Männer mittlerweile die Spur ihrer Entführer aufgenommen hatten, noch das Murdo die Nase von ihrer Halsstarrigkeit, wie er es nannte, voll hatte.

Davina dachte nur noch: *Fluch überschütte euch, vor allem dich, Murdo.* Sie konnte sich nicht mehr bewegen, konnte kaum noch atmen. Dann viel sie in einen ohnmächtigen Schlaf.

»Wir werden nichts mehr weiter unternehmen, um ihnen ein Geständnis zu entlocken, sondern sie am Allerheiligenvorabend als Instrument der Läuterung bei lebendigem Leib verbrennen. Den Bescheid zum Geständnis zur dunklen Magie, Teufelspakte und ihren Ausschweifungen, werde ich nach der Vollstreckung dem

Papst, dem König und danach den Familien vorlegen«, verkündete Murdo.

Bruder Cailan sah seinen Vorsteher fragend an. »Aber die Angeschuldigten haben nichts ges…«

Murdo, der an seinem wuchtigen Schreibtisch saß, holte Luft, schlug voller Zorn mit der Hand auf die Tischplatte und fuhr seinem Ordensbruder ins Wort: »Nichts aber! Die wichtigen Mönchstugenden sind Demut und Gehorsam gegenüber dem Oberhaupt des Klosters. Mir gehört die ordentliche Gewalt über das Territorium dieser Abtei. Hör mir zu: Ich sage, die Angeklagten haben unter der Befragung Bekenntnis zu den ihnen vorgeworfenen Taten abgelegt. Sie werden wegen der gegen sie vorgebrachten Anklagepunkte: Zauberei und andere Übeltaten begangen zu haben, für schuldig befunden und mit dem Feuer vom Leben zum Tode gestraft. Des Feuers reinigende Kraft werden wir am All Hallows Eve nutzen, um das Böse aus ihren Seelen zu vertreiben. Der Höllenfürst benutzte sie ausschließlich für seine Interessen. Das Feuer wendet sich letztendlich gegen den Teufel selbst und dient zur Läuterung der Seele der von ihm Besessenen, um sie so aus den Klauen ewiger Verdammnis zu erretten. Wer sich dagegen auszusprechen wagt, der wird von unserer Glaubensgemeinschaft als Ketzer gegen göttliches Wort gesehen. Ein Widersprecher setzt sich der Gefahr des Bannes, ja sogar der eigenen Hinrichtung aus, egal, von welchem Rang er ist. Sonst noch Fragen, Bruder?«

»Ich habe Euch sehr wohl verstanden, mein Abt.«

»Errichtet draußen im Hof zwei Brandpfähle und besorgt genügend und vor allem trockenes Reisig. Nun geh, um deine priesterliche Pflicht dem Herrn und mir gegenüber zu tun.«

Rettung

Arialt erwachte am Morgen des Mondfestes.

»Verdammt!«, keuchte er in kläglichem Tonfall und griff sich dabei an den Kopf. Er stöhnte und verzog schmerzlich das Gesicht, als er versuchte, sich in eine sitzende Position zu begeben.

»Tut dein Kopf sehr weh?«, fragte eine Frauenstimme und setzte sich neben ihn auf dem Rand der Bettstatt nieder.

Arailt blickte die Frau erstaunt und gleichzeitig fragend an. »Siren du?« Er sah sich um. »Wo bin ich?«

»Du bist im Castle. Der Laird hat dich hergebracht.«

»Der Laird?«

Sie nickte. »Ja! Sie haben die Ladys gesucht, denn dein Vetter hat sie um Hilfe gebeten, da du verletzt seist. Jetzt sind sie verschwunden.«

Er sah Siren mit schockiertem Gesichtsausdruck an. »Mein Vetter? Ich habe keinen Vetter mehr. Meine Verwandten ...«, er stockte, »sie sind alle tot! Ebenso wie meine Rachel.«

Ein eisiger Schauer lief Siren über ihren Rücken, während Arailt die Augen verdrehte und hervorstieß: »Boa, es dreht sich alles.«

»Leg dich wieder nieder. Aber schön wach bleiben!«, forderte sie. »Ich hole derweilen den Laird und seinen Schwager, denn das Rätsel um die Umstände des Verschwindens der Ladys, es muss schnellstens aufgeklärt werden.«

Siren lief los.

»Arailt, unsere Frauen sind verschwunden! Wir müssen wissen, was geschehen ist!«

Arailt rang seufzend nach Luft. »Das Letzte was ich sah, war ein junger Kerl.« Er kniff die Augen zusammen, so als überlege er. »Ähm ... ich weiß, den habe ich zuvor auch schon gesehen. Der Bursche hatte eine Kutte an. Es war bei der Abtei auf der kleinen Felseninseln am unteren Fluss. Jetzt weiß ich es wieder! Oh, diese verdammten Pfaffenbrüder, die haben mir, warum auch immer, eines auf den Schädel gegeben.«

»Weißt du vielleicht noch etwas mehr darüber? Das Kloster war doch aufgegeben!«

»Nicht sehr viel! Wohl verursacht durch verschiedene Umstände und den Wirren mit nordwärts drängenden Anhängern der römisch-katholischen Kirche. Das Culdeer* Kloster mit der geweihten Kapelle geriet nach dem Tode des Stiftvaters, in Verfall. Einige Mönche anderer Klöster, sagt mir der Abt, hätte man unter seiner Führung dorthin geschickt, damit sie das an der Kapelle angebaute Priesterhaus wieder aufbauen.«

Hewen zog die Stirn kraus. »Aber warum sollten dich Mönche überfallen, und niederschlagen?«

»Das will mir auch nicht so recht in den Kopf gehen. Jedenfalls haben sie es getan und wie mir jetzt scheint - es muss etwas mit euren Gemahlinnen zu tun haben.« Arailt sah seinen Laird etwas schief an, als er fragte: »Hat einer der Herrschaften vielleicht einen Gottesmann verärgert, da er sich über den verhängten Kirchenbann unseres Königs empört hat?«

In diesem Augenblick setzte sich ein Unheil verheißender Gedanke, der wie die Zarge eines Zahnrades sich ineinander zusammenfügte, in Aydens Kopf fest.

Wie ein böses Omen meldete sich Siren zu Wort: »Da fällt mir etwas zu dem Kloster ein. Laird Wallace erzählte einmal, es solle Gerüchte geben, das sich ein Kerker unter der Klosterkapelle befindet, der von dort über eine Treppe erreichbar sein soll. Die vor langer Zeit ansässigen Mönche sollen vor Verlassen des Klosters dort einen Wikingerhäuptling mit seinen Männern eingesperrt und aufs grausamste gefoltert haben.«

Einen Moment lang war es still.

»Weißt du, wie der Abt und seine Brüder heißen?«

»Abt Murdo!«

Galle stieg Ayden von seinem Magen in den Hals auf.

»Murdo!«, presste er unheilvoll hervor.

»Ja genau, so heißt der Abt des Klosters, Laird.«

Bei allen Heiligen betete Ayden für sich und schloss für einen Moment die Augen, in der Hoffnung, dies wäre nur ein fürchterlicher Alptraum, aus dem er jeden Augenblick erwachen würde. Aber das war es nicht. Einen Moment lang grub sich eine Falte der Ungeduld zwischen den zusammengezogenen Brauen und er schnalzte mit der Zunge.

Hewens Augenbrauen hoben sich. »Das ist doch der Name des Priesters, vor dem du Davina kurz vor dem Aufbruch, aus dem elterlichen Castle, gerettet hast?«

Ayden nickte bestätigend. »Ich versuche mir besser nicht auszumalen, was unseren Frauen in der Hand dieses Mistkerls alles zugestoßen sein könnte. Heute Nacht ist Samhain, da wird auch Gericht gehalten und Todesurteile vollstreckt.« Sogleich fühlte er unbändigen Zorn durch seine Adern jagen. Sie würden keine Zeit mehr verschwenden, sondern sofort aufbrechen. So schickte Ayden Siren los, sie solle die Männer zusammenrufen. Diese sollten die Pferde satteln und sich zum Ausritt bereit machen.

Schon kurz darauf brachen sie gemeinsam mit einem Dutzend Männern auf.

Nach einem stundenlangen Ritt durch das Waldgebiet wurde der Baumbewuchs immer spärlicher. Sie erreichten die Stelle, an der sie den Fluss durchqueren wollten. Die schmale Stelle mit dem ruhigen Gewässerteil, die ihnen Arailt genannt hatte, befand sich nicht weit von der Klosterinsel entfernt.

Ihre Pferde am Zügel haltend, sahen sie über den Fluss. »Wir haben allen Grund, vorsichtig zu sein. Blane, du bleibst hier bei den Pferden. Wenn Calder mit dem Boot von Arailt hier anlegen sollte, dann schicke ihn auf die andere Seite. Wir anderen müssen wohl oder übel schwimmen, um möglichst unbemerkt hinüber zu gelangen.«

Es wurde bereits dunkel, sie würden sich beeilen müssen, um noch mit dem letzten Licht der Dämmerung ans andere Ufer zu gelangen.

Ayden begann sich einiger Kleidungsstücke und seiner Stiefel zu entledigen. Die Männer und sein Schwager taten es ihm nach. »Rasch - folgt mir!«, befahl Ayden. Er selbst schritt, in seiner Untergewandung, mit Waffengurt und seinen Waffen, mit ausladenden Schritten vorwärts, bis ihm das Wasser über die Knie ging. Ein leiser Fluch schlüpfte über seine Lippen, das Wasser war kalt, als er sich mit fest zusammengebissenen Zähnen, schwimmend weiter bewegte.

Es dauerte jedoch nicht sonderlich lange, bis sie den Fluss überwunden hatten. Das Wasser wurde seichter und bald traten seine und die Füße seiner Begleiter wieder auf festeren Grund.

Sie kletterten einen felsigen Hang hinauf, die nasse Unterkleidung, die sie anbehalten hatten, erschwerte dies ein wenig. Oben angekommen, ging es auch nur langsam voran, denn jeder Schritt musste mit Bedacht gewählt werden, weil der letzte Schimmer des Lichts erloschen war und schwarze Nacht sie umfing.

Als sie die Balustrade erreichten, die als Schutz vor Eindringlingen um das Kloster errichtet worden war, stellten sie fest, das die Tür der hohen Pforte, die in den Hof des Klosters führte, nicht verschlossen, sondern nur angelehnt war.

»Vorwärts!« murmelte Ayden entschlossen.

Es war kurz nach dem abendlichen Stundengebet, als die Priester Davina und Iona im Unterkleid und barfuß, kurz nach der Komplet aus dem Kerker holten und sie über die Steintreppe nach oben brachten. Nach der Komplet begann sonst das *große Schweigen* – es wurde bis in die frühen Morgenstunden nicht mehr gesprochen, doch heute war es nicht so.

»An die Pfähle mit ihnen!«, gebot Murdo. Um seinen Mund herum zuckte es. Mit Gewalt musste er das höhnische Lächeln unterdrücken, um den Anschein seiner Würde als Abt zu wahren.

An den Armen gepackt, mit eisernem Griff, zerrten je zwei Priester Iona und Davina an die Pfähle, drückten sie mit dem Rücken gegen das raue Holz und fesselten ihre Hände hinter den Pfosten zusammen. Danach wurden ihnen die Füße festgebunden. Trockenes Reisig wurde um sie herum aufgeschichtet.

Murdo verließ seinen Platz und ging, die Frauen von allen Seiten betrachtend, um diese herum, während er sprach: »Wir sind hier versammelt, um Gottes Willen genüge zu tun. Deswegen sollen diese bösen vom Teufel beseelten Zauberinnen auf dem Scheiterhaufen den Flammen des reinigenden Feuers übergeben werden. Möge der Dunkle aus ihren Körpern weichen und ihnen der Herr in der Todesstunde gnädig sein! Meine Brüder, die ihr hier das Urteil vollstreckt, tröstet Euch mit dem Gedanken, dass der Allmächtige die Gezüchtigten im Jenseits begnadigt und sie trotz ihres abscheulichen Paktes mit dem Beelzebub eingehen lässt in sein Reich der ewigen Herrlichkeit. Dies ist der rechte Augenblick dazu, so tun wir ein gottgefälliges Werk!« Er schritt zurück an die Stelle, an der er zuvor gestanden hatte. *Jetzt ist es nur noch eine Frage der Zeit bis ihr elendig verbrennen werdet,* dachte er bei sich und er freute sich schon auf das grausige Schauspiel, das seine Rache durch seine Macht vollkommen machen würde. »Meine Brüder, lasst uns nun gemeinsam, für sie beten.«

Aydens Blick zeigte Entsetzen, als er in den von Fackelschein beleuchteten Klosterhof sah, während er hervorstieß: »Sie sind es! Haltet euch bereit!«

Jetzt sah auch sein Schwager in dieselbe Richtung. »Gütiger Gott, sie wollen unsere Frauen verbrennen.«

Sie dachten, sie würden sterben. Diese furchtbare Erkenntnis und die Gewissheit, welchem Schicksal sie entgegengingen, lähmte sie vollständig. Doch da nahm Iona, eine Bewegung war. Ihr war, als wäre da jemand im Schatten der Klosterbefestigung. Sie verengte die Augen zu Schlitzen.

Die Zeit wurde knapp.

Ein Priester schwenkte die todbringende Fackel, um die Scheiterhaufen zu entzünden.

Himmel hilf, dachte Ayden und rannte los.

Einer der Schatten nahm Formen an, bevor Iona erfassen konnte, was geschah. Es handelte sich dabei um die Gestalt ihres Bruders. Sie wagte es jedoch nicht um Hilfe zu schreien. Mit nackter Brust, nasser Hose und ohne Stiefel an den Füßen, sein Schwert in der Hand, rannte er auf sie zu. Dann tauchten noch weitere Männer, wie Geister, aus dem Dunkel auf.

Mit Tränen in den Augen sah sie zum Himmel hinauf: »Ich danke dir Gott!«

Ihre Hoffnung wurde noch einmal auf die Probe gestellt, bis der Priester mit der Fackel in der Hand von einem Pfeil getroffen zu Boden sank.

»Nein!«, schrie Murdo, als er es bemerkte.

Er hatte seine Rechnung ohne Laird Ayden MacDeven of Crimor, dessen Schwager und ihren Männern gemacht.

Die Männer stürmten heran und überschwemmten den Innenhof des Klosters.

Murdo rief seinen Brüdern zu: »Habt Zuversicht und Hoffnung, der Herr wird uns beistehen«, ermunterte er seine Brüder, »ihr braucht euch vor den Anrückenden nicht fürchten und jetzt lasst uns auf den Sieg gegen das Böse hoffen, denn der Allmächtige ist in dieser Schlacht, auf unserer Seite. Es gehört zu unserem Dienst die Menschheit von diesen Hexen und dem Bösen zu befreien.« Die Priester hatten auf einmal alle Waffen in der Hand. »Lass die erzittern, die mit Gotteslästerung gegen uns ziehen. Vernischtet sieeeee.«

Murdo, die Aussichtslosigkeit der Lage schnell erkennend, da Weitere seiner Brüder fielen, stürzte los und rannte in Richtung der Kapelle.

»Hewen, der da zu fliehen versucht, ist Murdo«, rief Ayden seinem Schwager zu.

»Ich kümmere mich um den davonlaufenden Mistkerl! Kümmert ihr euch um die Frauen und um die anderen Pfaffen«, rief Hewen aus. Dabei schlug er einem Priester, der ihm den Weg vertreten wollte, mit Schwung die Faust in die Magengrube. Der taumelte, griff unter seine Kutte und zog ein Messer hervor. Hewens Schwert beendete das Leben des Mannes, der wie ein gefällter Baum zu Boden ging.

Ayden hatte sein Schwert zurückgesteckt, um sein Messer in die Hand zu nehmen, und rannte, geschützt von den Schwertern seiner Männer auf die Pfähle zu. Befreite seine Frau und seine Schwester.

Murdo erreichte unbeschadet die Kapelle, wenn ihm Hewen auch dicht auf den Fersen war. Er stieß die Tür auf, lief hinein, knallte die Tür hinter sich zu und verschloss die Pforte mit dem schweren Riegel.

Er holte kurz Luft, lief weiter auf den Altar zu. In seiner Hast stieß er dabei gegen einen der riesigen mit 12 dicken brennenden Kerzen bestücktem gusseisernen Kerzenständer. Dieser geriet ins Wanken, pendelte hin und her und fiel dann mit lautem Klirren zu Boden.

Murdo, der schon den Altar erreicht hatte, blieb stehen, drehte sich um, um zu sehen, dass die ersten Feuerzungen nach dem Holz der Kirchenpforte leckten.

Er wandte sich hastig dem Altar zu und versuchte, den Altarstein zu verschieben, um unter diesem einen witeren Abgang in den darunter gelegenen Tunnel zu erreichen. Doch der bewegte sich auch unter Aufbringung all seiner Kraftanstrengung nicht einen Millimeter weit. Somit kam er auch nicht an die Klappe, die den Geheimgang abdeckte.

Mittlerweile hatten sich die Flammen so weit ausgebreitet, dass die Front der Tür und die ersten Bänke lichterloh brannten.

Hewen versuchte, die Kapellentür aufzubekommen. Er warf sich mehrmals vergeblich mit der Schulter dagegen. Auf einmal sah er, wie aus einem Spalt zwischen Türblatt und Boden Rauch aufstieg. Der Qualm wurde stärker, bald züngelten einzelne Flämmchen durch den Rauch. Kurz darauf stand das Holzblatt der Tür vollends in Flammen.

Er wich zurück.

Kurz darauf standen einige Männer neben ihm. Als die Tür krachend zerfiel, sahen sie Murdo. Feuer züngelte um dessen Gewand. Ein unter jämmerlichem Geschrei und sich mit wilden Verrenkungen bewegender Körper. Er glich schon im nächsten Augenblick einer Fackel, bis das Schreien erlosch. Der grässliche Akt war vorbei, als der verbrannte Leib in sich zusammen fiel. Er hatte für seine Verbrechen gebüßt und seine gerechte Strafe erhalten.

Sein Name verlies Davinas Lippen und kostete sie das letzte bisschen an Kraft, das ihr geblieben war. Nun hing sie ohnmächtig in den Armen Aydens. Angst und Schrecken der letzten Tage waren zu stark gewesen. Außerdem die Verletzungen, die sie erlitten hatte.

Iona war die Angst, die sie ausgestanden hatte, ebenfalls anzusehen. Doch sie war zugleich in seliger Freude, dass sie ihren Peinigern entrissen, in Hewens Arme gestürmt. Nun lag ein Lächeln auf ihrem bleichen Gesicht.

Kurz darauf schlug Davina die Augen wieder auf und seufzte schwer: »Ich habe doch nicht nur geträumt? Ihr seid wirklich hier!« Ihre rot unterlaufenen Augen sahen ihn verzweifelt an, dann brach sie in einen Strom von Tränen aus, der nicht versiegen wollte.

»Mein Herz!« Ayden hatte ihr die Arme schützend um die Schultern gelegt und weiter leise und beruhigend auf sie eingeredet.

Ihre Stimme war nicht lauter als ein Windhauch. »Sieh, was sie mir angetan haben.« Sie griff sich dabei an den Kopf.

»Mein Engel«, murmelte er tröstend und fuhr ihr sanft mit der Hand über die kurzgeschorenen Haare. »Dein Haar wird wieder wachsen. Dann werde ich es dir vor dem Kamin kämmen.«

Nach diesen liebevollen Worten von ihm fiel sie wieder in Ohnmacht.

Alle waren entsetzt.

Da erwachte in Iona die Heilkundige. Ehe sich die Männer noch beratschlagen konnten, ergriff sie die Initiative: »Lasst uns so schnell wie möglich von hier aufbrechen, damit wir Davina im Castle richtig versorgen können.«

Als sie aufbrachen, war von der Kreuzkapelle nur noch ein verkohltes Gerippe übrig.

Die Männer hatten kämpfen müssen, um die beiden Frauen zu retten und um zu überleben, so hatte am Ende keiner der Brüder überlebt. Ayden ließ drei Männer zurück, die die sterblichen Überreste der gefallenen Brüder beisetzen sollten. Er war sich fast sicher, die meisten von ihnen waren wie Schafe gewesen, die dem Befehl ihres Hirten – dem Abt, gefolgt waren und ohne zu hinterfragen, was er von ihnen verlangte.

Als sie losgingen, waren seine Männer gerade dabei die Gräber auszuheben.

Trotz der Finsternis erkannten sie am Ufer das Boot, in dem Calder wartete. Er setzte als erstes Ayden, Hewen und die Frauen zum anderen Ufer über. Kaum war dies geschehen, hob Ayden Davina aus dem Boot und nach ein paar Schritten kam Blane flink heran. »Beim Kreuze des Allerheiligsten! Oh Gott, ist sie …?«

»Nein, sie ist bewusstlos«, sagte Ayden schwer atmend.

»Was haben diese elendigen Kerle mit unserer Lady und Euch, Lady Iona, gemacht?«

Während Iona, ob der Frage unwillkürlich mit dem Kopf schüttelnd reagierte, blaffte Hewen: »Unsere Ladys sind verletzt, fällt dir da nichts Besseres ein, als solch eine Frage zu stellen?« Dann schickte Ayden Blane zum Decken holen. Als dieser zurückkkam und ihm eine reichte, wickelte er Davina behutsam ein. Erst als er beim Ankleiden war, gab er Blane eine Erklärung zum Geschehenen ab.

Mittlerweile waren auch die anderen Männer bei ihnen angelangt. Calder würde die restlichen Männer noch übersetzen, wenn sie mit der Beisetzung fertig waren und danach das Boot wieder zur Fischerhütte bringen. Sie machten sich derweilen auf den Weg ins Castle.

Iona hatte außer den Schmerzen an ihrem geschundenen Körper ein Unwohlsein befallen, welches sich im Verlaufe des Heimritts noch verstärkte. Doch sie hatte deshalb kein Aufsehen erregen wollen, denn keinesfalls sollte ihretwegen die Gruppe aufgehalten werden, da ihre Schwägerin in wesentlich schlechterer Verfassung war als sie selbst. *Im Cape werde ich, sobald Davina gut versorgt in ihrem Bett liegt, genug Zeit haben, um mich selbst von den Misshandlungen auszukurieren*, dachte sie bei sich und gab ihrem Pferd mit den Fersen leicht die Sporen, als sie den Wald verließen.

Als sie an das Castle heran kamen, öffnete sich das Tor und sie ritten unter den entsetzten Blicken der Wachen, die auf ihrem Posten standen, hinein.

Wieder zuhause

Die Schrecken, die seine geliebte Davina und seine Schwester durchlebt hatten, zerrten an Aydens Nerven. Bartstoppeln wucherten in seinem Gesicht, denn er hatte sich nicht rasiert und kaum geschlafen. Sein Augenstern lag, seit sie wieder zuhause angekommen waren, in elender Verfassung in ihrem Gemach. Warum in Gottes Namen hatte sein Instinkt ihn nicht sofort gewarnt, dass sie in Gefahr schwebten? *Wären wir nicht noch auf die Jagd gegangen und früher heimgekehrt, dann hätten unsere Frauen die schützenden Steinmauern des Castles nicht ohne Schutz verlassen.* »Wären, hätten ...«, knurrte Ayden bei den Gedanken: »Verdammt!«

Das Knarren der Türzargen und ein Scharren der sich öffnenden Tür, ließ ihn aus seinen trüben Gedanken aufschrecken. Er sah zur Tür und erhob sich vom Stuhl.

Caitriona ließ den Blick von der Tür her mit sorgenvollen Augen zu ihrer Schwester gleiten. Sie wollte das Zimmer betreten und zu Davina, doch Ayden eilte auf sie zu und hielt sie fest. »Nicht Liebes, Davina braucht Ruhe.«

Sie warf ihm einen verstörten Blick zu. Tränen standen in ihren Augen. Er nahm sie an die Hand und führte sie in den Flur. »Es wird alles wieder gut«, äußerte er mit gesenkter Stimme.

Caitriona löste ihre Hand aus der seinen und wischte sich mit dem Ärmel ihres Wollkleides die Tränen aus dem Gesicht.

»Ich kümmere mich um sie!«, hörte Ayden Arran sagen, der seiner Schwester wohl gefolgt war. Er trat an ihm vorbei und griff nach der Hand seiner Schwester. »Komm!«

Sie machten ein paar Schritte, dann hielt Arran in der Bewegung inne und drehte sich zu Ayden um. Er biss sich auf die Lippen, als er fragte:»Glaubst du, dass sie wieder gesund wird?«

Ayden rang sich ein Lächeln ab, doch es erreichte seine Augen nicht.»Das wird sie. Wir sorgen dafür, dass es ihr bald wieder gut geht! Nehmt Tamry mit!«, er kraulte den Hund zwischen den Ohren.»Ich glaube, Caitriona wird sich besser fühlen, wenn er bei euch ist. Wenn es Davina besser geht, dann könnt ihr zu ihr. Einverstanden?«

Caitriona nickte bedächtig, während Arran eine gefasste Miene aufsetzte, als er sagte:»Komm Caitriona, lass uns in die Küche gehen, Bedelia hat bestimmt einen Pudding für uns und einen Knochen für Tamry.«

Ayden wusste genau, wie die beiden sich jetzt fühlen mussten, auch er hatte Angst Davina zu verlieren. Es war grausam für die Kinder, nach dem Tod der Eltern nun befürchten zu müssen, auch Davina noch zu verlieren, die für ihre beiden jüngeren Geschwister immer aufopfernd gesorgt hatte. Er holte tief Luft und verdrängte das schmerzende Gefühl in seinem Magen. Seit ihrer Hochzeit, da er nun ihr Schwager war, waren er und seine Familie ein Sicherheitsanker. Er hatte sich schon vor ihrer Bindung in der Pflicht gesehen, dafür zu sorgen, dass sie auch in der Zukunft ein angemessenes Leben führen konnten. Er liebte die beiden von ganzem Herzen.

Als Davina erwachte, kehrte auch die Erinnerung an den Albtraum, den sie und Iona durchlebt hatten, wieder zurück. Dann erst wurde ihr bewusst, wo sie war. Sie setzte sich im Bett auf, zog ihre Knie an und schlang die Arme um die Beine, bettete den Kopf auf die Arme. Sie schluchzte laut auf.

Als Ayden die Tür öffnete und sie so sah, war er verzweifelt. Der Schmerz in ihren Augen war für ihn kaum zu ertragen. Er wollte ihr helfen und konnte doch nicht. Schweigend ging er zu ihr, legte seine Hand auf ihr Haupt, strich leicht über ihre kurzen Haare.

Sie sprach leise und mit zitternder Stimme: »Warum lässt Gott zu, dass Menschen - Menschen quälen. Quälen ist nicht gut. Foltern sei eine Kunst - so sagte er!« Sie schlang ihre Arme um seinen Leib. Feuchte Tropfen trafen durch den Stoff seines Hemdes auf seine Haut.

Währenddessen im Gästegemach von Hewen und Iona.

»Wie geht's dir?«, fragte Hewen.

Eine Träne rann Iona die Wange hinunter. »Das wir in Murdos Hände fallen konnten, ist alles meine Schuld«, flüsterte sie schwach.

Er strich ihr sanft über die Wange. »Keiner von euch konnte das voraussehen.«

Sie sah ihn nicht an, als sie weiter sprach: »Aber wären wir nicht hier gewesen und ich hätte meine Heilfähigkeiten nicht, dann ...«

Er schnitt ihr das Wort ab. Seine Stimme klang rau: »Rede keinen Unsinn. Hinterher ist man immer schlauer. Ihr konntet nicht wissen, dass man mit der Bitte um eure Hilfe eine hinterhältige List mit bösen Absichten im Schilde führte.«

»Ich habe gedacht, wir müssen sterben«, schluchzte sie.

Er küsste seine Frau zärtlich auf den Mund.

Iona sah weiterhin ziemlich bekümmert aus, irgendetwas anderes schien ihr auch noch Sorgen zu bereiten.

»Was ist denn noch?«, fragte er vorsichtig. »Sprich Liebes, wie kann ich dir helfen.«

»Ich denke, ich bin schwanger«, brach es aus ihr hervor.

Hewen drückte sie spontan an sich. »Es könnte also sein, dass ich Vater werde?«

Sie räusperte sich. »Ich meine … wenn es so ist, man könnte denken oder du, das einer der Br…«

»Hör sofort auf damit, einen solchen Blödsinn zu reden, denn wenn ich dein Zögern richtig verstehe, glaubst du, ich könnte denken, das Kind, es sei nicht von mir, sondern in der Gefangenschaft dieser Pfaffen entstanden? Vor drei Wochen hättest du deine unreinen Tage haben müssen. Aber so viel mir bekannt ist, sind sie ausgeblieben, denn du hast in der Zeit weder darüber geklagt und wir haben uns mehrfach geliebt.«

Iona sah ihn immer noch betreten an.

»Es könnte sein, dass ich Vater werde, und das macht mich gerade zum glücklichsten Menschen auf der Welt.« Nicht einen Moment zweifelte er daran, dass er nicht der Erzeuger war, wenn sie recht mit ihrer Vermutung behielt. Jedoch stieg die Angst in ihm auf, dass die Qualen die Frucht ihrer Liebe verletzt haben könnten und sie abging. Er betrachtete sie zärtlich. »Wenn es stimmt, dass du guter Hoffnung bist, dann möchte ich, dass wir möglichst bald nach Hause aufbrechen.« Erklärte er, mit Sorge in der Stimme. »Wir werden auf dem Heimweg auch vermehrt Pausen einlegen.«

»Ach Liebster, so schnell ist es auch nicht von Nöten. Ich möchte mich noch für ein paar Wochen um Davina kümmern. Sie brauchen uns jetzt hier«, sagte sie leise.

Iona hatte Davina die Kissen aufgeschüttelt, ihr Tee mit Johanniskraut bereitet und zu trinken gegeben, um damit ihr Gemüt ein wenig aufzuhellen, oder auch einfach nur ihre Hand so lange gehalten, bis ihre Schwägerin wieder eingeschlafen war, wenn ihr Bruder seinen Verpflichtungen als Clanoberhaupt nachkommen musste.

Die Wendung, die das Gespräch an diesem Morgen genommen hatte, gefiel ihr jedoch nicht besonders.

»Du kannst nichts für mich tun.«

Ionas Augen richteten sich durchdringend auf Davina, die Hoffnungslosigkeit in ihrer Stimme machte sie wütend und brachte sie dazu, aufzufahren: »Aber du kannst etwas für dich selbst tun, und zwar nach vorne in die Zukunft schauen. Vergiss niemals das mein Bruder dich liebt und deine Geschwister dich brauchen. Da ist auch noch Hewen, ich und unser ungeborenes Kind. Du wirst nämlich Tante, meine Liebe. Und tue verdammt nicht so, als sei ich nicht dabei und selbst betroffen gewesen.«

Im Laufe der folgenden Tage begriff Davina, dass das Leben für sie noch weitergehen musste, nachdem sie zwei Mägde von draußen vor der Tür, hatte sagen hören: »Man kann die Ärmste nur bedauern, da hat sie das schlimme Martyrium überlebt und gibt jetzt auf!«

»Und unseren armer Laird erst! Sein sonst so fröhliches Antlitz ist ganz verfinstert und tiefe Falten überziehen seine Stirn. Er tut mir so leid. Auch Lady Iona ist so tapfer, sie hat gleiches Leid erfahren, kümmert sich dennoch aufopfernd um unsere Lady und ist dazu noch guter Hoffnung. Wie schwer mag es erst für sie sein!«

Davinas Gemüt war zwar immer noch verwundet und da war auch noch eine ungeheure körperliche Müdigkeit, doch sie hatte sich aus dem Bett erhoben, selbstständig gewaschen und angekleidet.

Ein schwerer Seufzer entrang sich ihrer Brust. Beide waren sie beinahe gestorben, doch sie hatten überlebt und sie war wieder zuhause. Iona hatte Recht, sie musste nach vorne sehen. Davina sah bei diesen Gedanken hinaus aus der Fensteröffnung. Friedlich lag die ihr so vertraute Hügellandschaft da; der Nebel, der bis zum Mittag über dem Land gehangen hatte, hatte sich, so wie ein böser Traum verzogen und kleine weiße Wölkchen, die aussahen wie Schäfchen, trieben am blau werdenden Himmel dahin. Lange hatte sie dagestanden und einfach hinaus gesehen, nun begann die Sonne hinter dem Horizont zu versinken und es wurde rasch dunkel. Weit unten auf der Ebene vor dem Castle flogen einige Vögel von einem abgeernteten Feld auf. Davina sah dem kleinen Schwarm nach. Schließlich verlor er sich in weiter Ferne. Es musste schön sein, die Welt von ganz oben zu sehen und in die letzten Sonnenstrahlen fliegen zu können. »Fliegen müsste man können!«, seufzte sie.

Als sie ein Geräusch und eine ungehaltene Stimme hinter sich vernahm, wurde ihr bewusst, dass sie sich viel zu weit aus der Fensterleibung gelehnt hatte und Ayden ihre Worte, die sie laut ausgesprochen hatte, gehört haben musste.

Erschrocken und gleichsam energisch zog Ayden seine Frau in ihre Schlafkammer zurück. »Welch ein verantwortungsloser Leichtsinn von dir, dich so weit aus der Leibung zu lehnen«, tadelte er sie. »Das fehlte noch, dass du dich aus dem Fenster stürzt.« Er zog sie zum Bett hin und zwang sie, sich zu setzen. Danach wand er sich um, entzündete drei Kerzen, trat dann entschieden ans Fenster und klappte den hölzernen Laden zu, den er mit einem Riegel sicherte.

Mit einigen ausladenden Schritten war er wieder bei ihr. »Also raus mit der Sprache Frau, wolltest du dich gerade aufs schändlichste umbringen?«

»Allmächtiger, was denkst du nur?«

Im warmen Lichterschein betrachtete er seine Gemahlin und sein Unmut verflüchtigte sich. Sie sah betroffen aus. Sie wehrte sich nicht, als er ihre Lippen suchte und sie küsste.

Davina fühlte, wie sie in seinen Armen zu neuem Leben erwachte. Sie schämte sich nicht mehr, denn alles, was geschehen war, war nicht ihre Schuld. Sie drängte ihre Brüste gegen seinen Körper. »Liebe mich! Nimm mich jetzt!«, flüsterte sie. »Zeig mir, dass ich noch so etwas wie Glück empfinden kann!«

Spät in der Nacht erwachte Ayden. Er fand seine Liebste nach Tagen zum ersten Mal wieder leise atmend und schlummernd, neben sich. Doch er selbst konnte nicht wieder einschlafen. Er löste sich vorsichtig von ihr und stand leise auf.

Er zog Hose und Stiefel an und legte eine Decke um seine Schultern und verließ das Gemach.

Als er die Tür zum Wehrgang öffnete, bemerkte er dort seinen Schwager. »Na, hängst du auch gerade deinen Gedanken nach, Schwager?«

»Ja!« Hewen sah ihn an. »Ayden, wir werden euch verlassen, sobald es Davina besser geht. Ich mache mir jedoch gerade über etwas Gedanken, und zwar - wenn jemand von den Geschehnissen in der Abtei erfährt, es den Kirchenoberhäuptern oder dem König zu Ohren bringt, dass es für euch hier ungeahnte Gefahren bergen könnte. Wir können uns nicht einfach zurücklehnen und abwarten, denn es würde eure Aussichten verschlechtern, hier unbehelligt bleiben zu können. Wir können es nicht anderen überlassen über den Tod der Ordensbrüder und die Vernichtung des Klosters zu sprechen, es ist ein zu unkalkulierbares Risiko. Es ist von Nöten die Sache zu euren Gunsten zu klären.«

»Wozu sollten wir von uns aus schlafende Hunde wecken? Ist die Sache nicht gerade schon schwierig genug?«

»Du musst mich gar nicht so vorwurfsvoll ansehen, Schwager. Es ist wirklich am besten, sich vorsorglich der Unterstützung mächtigster weltlicher Männer zu versichern. Ich will nicht, dass ihr eure Ländereien verliert oder ihr exkommuniziert werdet, Ayden.«

»Was schlägst du also vor?«

»Mein Vater hat Beziehungen bis in die höchsten Regierungskreise und pflegt vielfältige politische Verbindungen, auch zu John of Brittany dem Earl of Richmond und zum königlichen Treasurer Walter Reynolds, die er, wenn es von Nöten ist, auch für persönliche Interessen oder politische Ziele nutzt. Immerhin sind wir seit einigen Jahren ja auch Handelspartner und nicht nur Verwandte.«

Ayden ließ seinen Blick nach außerhalb der schützenden Mauern über die Weideflächen und abgeernteten Felder schweifen, bis hin zum Dorf. Er war nicht nur für seine Frau und sich verantwortlich, sondern auch für alle seine Clanleute. Der Wind blies auf einmal heftig, als wolle er ihn warnen, jetzt bloß keine falsche Entscheidung zu treffen. Tief atmete er durch, bevor er zustimmte: »Ich bin einverstanden! Kümmerst du dich darum, Schwager?«

»Ja werde ich! Vertraue mir bitte, bei dieser Einschätzung der Sachlage, mein Vater und ich werden unseren Teil erfüllen, damit unsere Familien stark bleiben und in Sicherheit leben können.«

»Hewen, ich habe volles Vertrauen in dich.«

Zurück ins Leben

Es dauerte noch über eine Woche, ehe Davina wieder ganz auf den Beinen war und das Zimmer verlassen konnte. Der erlebte Alptraum war ihr immer noch gegenwärtig, denn das bösartige Grinsen Murdos, war ihr noch mehrfach im Traum erschienen. Zu ihrem Erstaunen hatte sie nach einem ausführlichen Bericht von Ayden, über den Tod der Mitbrüder von Murdo keinerlei Genugtuung empfunden; höchstens Erleichterung, dass Murdo selbst, weder ihr, ihrer Schwägerin, noch sonst jemandem, jemals wieder Schaden zufügen konnte. Es war schon Ironie des Schicksals, dass der Mann in den Flammen, mit denen er ihnen das Leben nehmen wollte, am Ende selbst darin umgekommen war.

Wie so oft war Ayden schon vor dem Morgengrauen auf den Beinen, so stieg auch Davina aus dem Bett und zog sich an. Sie musste nach all den schrecklichen Augenblicken und den Erinnerungen, die immer wieder in ihr aufstiegen, versuchen sich abzulenken. War es da nicht das Allerbeste, als Herrin, so schnell wie möglich den Pflichten und Aufgaben entgegenzusehen, die eine solche zu leisten hatte? Aber sie hasste den Gedanken, sich den mitleidigen Blicken der Dienerschaft stellen zu müssen. Nach einem prüfenden Blick in den Gang vor ihren Gemächern, wo sie niemanden entdeckte, raffte sie die Röcke und stieg in Windeseile die Stufen der Wendeltreppe nach unten. Als sie die große Halle erreichte, war sie froh dort keinen zu sehen. Sie schlich aus der Tür und betrat unbemerkt den Hof, als der erste Lichtstrahl der aufgehenden Sonne diesen erreichte.

Davina zog das Schultertuch noch etwas enger um ihre Schultern, denn es war kalt. Tamry kam zu ihr und sie strich dem Hund über den Kopf. Er stieß ihre Hand mit der Schnauze an, als wollte er ihr sagen, ich komme mit und passe auf dich auf.

»Mir geht es schon besser und du passt auf mich auf?«

Tamry gab ein leises Wuff von sich, als wollte er ihre Worte bestätigen.

Sie ging hinunter in die Vorburg. Es war noch ruhig. Aus den reetgedeckten Behausungen, die an der inneren Mauer lagen, stieg Rauch auf und kräuselte sich gen Himmel.

»Ihr seid früh auf den Beinen MyLady.«

Sie erschrak und wirbelte herum. *Allmächtiger!!*

Die Gestalt, die dort stand, war groß und kräftig, das Gesicht unter der Kapuze seines braunen Wollumhangs verborgen.

Tamry wedelte erfreut mit der Rute, was sie beruhigte.

Es war Keith der Schmied, der seit seiner Ankunft bei ihnen so mancher Magd und der im Dorf lebenden Jungfrauen sehnsüchtige Seufzer entlockte.

Der Freund ihres Gemahls legte den Kopf ein wenig schräg und sie konnte seine strahlend blauen Augen sehen, dann nahm er die Kapuze ab. »Verzeih Davina, ich wollte dich nicht erschrecken«, sagte er.

Als Jüngling hatte er sich mit wesentlich größeren Knaben geprügelt, wenn sie seine Brüder oder andere jüngere und schwächere geärgert hatten, und nur wenige hatten einen solchen Fehler wiederholt. Auch sie hatte er mehrfach in Schutz genommen, als man sich über ihren betrunkenen Vater lustig gemacht hatte.

Keith machte ein paar Schritte auf sie zu, beugte sich vor und kraulte Tamry hinter den Ohren. »Na und du, du passt mir gut auf unsere Lady auf!« Er sah wieder auf und sie an. »Die Sache mit dir, Lady Iona und den Priestern, es hat uns in einen großen Schrecken versetzt. Ich bin froh, das es auch dir wieder besser zu gehen scheint. Es steht mir zwar nicht zu, dir so etwas zu sagen Davina, aber du solltest bedachter in deinem Handeln sein, denn ohne dich würde die Welt hier ein trübsinniger Ort werden, vor allem für Ayden.«

Sie kniff die Augen zu schmalen Schlitzen zusammen. »Ich nehme deinen Tadel zur Kenntnis, Keith.« *Doch für wie dumm hielt er sie?* »Ich werde einen solchen Fehler bestimmt nicht wiederholen«, presste sie ungehalten heraus. »Ich bin dir und den Männern dankbar dafür, dass wir dieses Martyrium durch euer Eingreifen überlebt haben.« Entschlossen schob sie ihr Kinn vor. »Nun wünsche ich dir noch einen guten Morgen.«

Er strich sich mit der Hand durchs Haar. »Grundgütiger! Habe ich etwas so Falsches gesagt?«

»Nay, ich weiß du meinst es nur gut. Ich muss etwas tun, um mich zu beschäftigen und mich von den unerwünschten Erinnerungen abzulenken. Daher will ich überprüfen, ob wir genug Vorräte für den Winter haben. Sehen, was an Wolle da ist, damit die Frauen im Winter Stoff weben können und ob wir einen Teil der Wolle im Frühjahr noch verkaufen können. Auch nach dem Saatgut will ich sehen, denn wenn nicht genügend vorhanden ist, wird es im nächsten Jahr keine ausreichende Ernte geben. In diesem Winter wird niemand hungern müssen, aber man muss immer vorausdenken.«

Um seine Lippen zuckte ein Lächeln. »Es freut mich, zu hören, dass du wieder voller Tatendrang bist, und Ayden wird gewiss sehr glücklich darüber sein. Vorausdenken ist immer gut!«

Sie verdrehte ob seiner letzten Bemerkung die Augen, da diese ziemlich zweideutig zu verstehen war, und wollte ihren Weg gerade fortsetzen, da hörten sie die Worte einer sich ihnen nähernde Person:»Aye, stimmt!«,

Beide wandten sich um. Es war Ayden.

Er beugte sich zu ihr, als er sie erreicht hatte und sein Mund glitt über ihre Lippen.

Sie genoss einen Augenblick das Gefühl seiner Wärme und seiner starken Arme, mit denen er sie fest an sich drückte.

»Guten Morgen, meine schöne Lady. Du vertraust wohl auch in diesem Jahr keiner anderen Einschätzung als der eigenen! Kann ich dir dabei helfen?«

Sie verzog den Mund zu einem Lächeln. »Hat unser Laird nichts Wichtigeres zu tun?«

»Eigentlich schon, aber…«

Sie schnitt ihm mit einer Handbewegung das Wort ab. »Dann schlage ich vor, wir werden alle unserer Arbeit nachgehen und ihr mich nicht weiter von der meinen abhalten! Wir sehen uns später beim Mittagsmahl.«

Davina betrat das Gebäude, in dem sich eines der Vorratslager befand, um seine Bestände zu überprüfen. Sie fand genügend Säcke mit getrockneten Erbsen, Linsen, Ackerbohnen, Fässer mit eingelegtem Kohl und Rüben sowie Nüsse und Kastanien, die im Speicher lagen, ebenso etliche durch Harz verschlossene Krüge mit Honig vor. Viele Bündel von getrockneten Kräutern und Zwiebeln hingen an der Decke, ebenso waren diverse Pilze auf Schnüren aufgefädelt zum Trocknen aufgehängt. Fässer mit

Bier, Wein und einige kleinere mit Whisky - dem schottischen Lebenswasser, waren eingelagert. Auch etliche Körbe mit Lauch sowie in Stroh gebettete Äpfel, Pflaumen und Birnen standen bereit. Das Obst würde in den nächsten Tagen als Wintervorräte in Form von eingekochtem Obstmus oder getrockneten Obstringen haltbar gemacht oder zu Saft verarbeitet werden. Fisch war gedörrt, Fleisch eingesalzen oder geräuchert worden. Das Gesinde war auch ohne ihre Anweisungen sehr fleißig gewesen, was sie zufrieden lächeln ließ.

Als Nächstes machte sie sich zum Wolllager auf.

Ein Teil der Wolle war bereits grob gesäubert, ein anderer schon zum Spinnen vorbereitet. »Die perfekte Wolle für Taranstoff«, sagte sie zu sich selbst. Danach kontrollierte sie das abseitsgelegene Speichergebäude, das zur Lagerung der Körnerfrüchte für die Saat diente. Die Vorratsgefäße waren auch hier gut gefüllt.

Sie hatte den gesamten Vormittag in den Lagern verbracht. Ihr Arbeitseifer hatte fast an Besessenheit gegrenzt, nur um zu vergessen. Nun war es Mittag. Für sie kam der schwerste Teil des Tages, sie musste sich in der Halle sehen lassen, denn nun, da sie ihr Gemach verlassen hatte, konnte sie sich davor auch nicht drücken. Ein Gefühl, das sich von innen her ausbreitete, überkam sie, bis sie am ganzen Leib zu zittern begann. Panik stieg wieder in ihr auf, die sie von Tag zu Tag glaubte, besser in ihrer Gewalt zu haben. Warum war dieses unangenehme Gefühl wieder da, wo kein Grund dafür bestand, dass ausgerechnet dieses Mahl und die Begegnung mit ihren Bediensteten in eine Katastrophe münden würde. Warum auch, es war ihr Zuhause? Doch sie erkannte, sie war heute ein anderer Mensch, wie noch vor Wochen, eine Frau, der die

Unbeschwertheit verloren gegangen war, durch die Taten anderer. Ein verdächtiger Schimmer trat in ihre Augen und da waren sie wieder, die Tränen der Verzweiflung. »Ich will keine Tränen«, stieß sie ungehalten hervor. Sie wollte nicht wieder zum Gefangenen ihrer Verzweiflung werden und in den Zustand der Erstarrung verfallen, in dem sie sich wochenlang befunden hatte.

»Alles in Ordnung mit dir?« Iona stand in der Tür. »Habe ich dich erschreckt?«, fragte sie besorgt und trat einige Schritte auf sie zu.

»Schon gut, es sind die Nerven, Iona. Und wie geht es dir?«

»Ich hatte anfangs auch schwer mit dem Schock zu kämpfen. Wer hätte auch gedacht, dass unsere Hilfsbereitschaft so schändlich missbraucht werden würde, um einen Racheakt an uns zu begehen. Man kann sich leider nicht immer vor allem Bösen auf dieser Welt schützen. Aber ich muss an das Kind denken, das in mir heranwächst und an sein Wohlergehen. Das gibt mir Kraft und natürlich die Liebe zu Hewen. Und ich weiß, du bist stärker, als du gerade denkst. So und nun komm, der Laird dieses Castles bestand nämlich darauf, dass ich dich suche und zum Mahl hole, bevor er noch persönlich kommt.«

Sie betraten kurz darauf die Halle. Die Köpfe ihrer Leute wandten sich in ihre Richtung, doch die Gesichter zeigten kein Mitleid, wie sie befürchtet hatte, sondern liebevolle Blicke.«

»Davina, wird auch Zeit, du kommst spät!«, stellte Ayden fest.

»Aye, aber nun bin ich da. In den Lagern ist alles beim besten.« Sie nahm ihren Platz an seiner Seite ein und ihre Augen wanderten zu dem leeren Stuhl neben sich hin.

»Außerdem scheine ich nicht die Letzte zu sein, die zum Mahl fehlt, wo ist Arran?«

»Entschuldigt«, rief ihr Bruder da gerade und eilte durch die Halle auf den gedeckten Tisch zu. »Ich bin schon da. Musste mich noch umziehen!« Er setzte sich schnell zwischen seine Schwestern und sah Davina lächelnd an. »Schön, dass du auch mit uns isst«, und dann erzählte er: »Ich werde seit Tagen im Umgang mit dem Dolch und dem Bogen von Calder unterwiesen, denn Ayden hat gesagt, ein Junge muss, um ein wehrfähiger und guter Kämpfer zu werden, eine richtige Ausbildung durchlaufen.«

»Das ist gut!«, sagte Davina, doch ihr Blick zeigte Ayden etwas anderes, und zwar Sorge. *Nicht auszudenken, wenn ihm etwas passiert,* schoss es Davina durch den Kopf.

»Du hast Angst um ihn, nicht wahr? Aber wir hatten es doch besprochen! Calder passt schon auf, dass ihm nichts passiert.«

»Arran lernt kämpfen wie ein Mann, auch lesen und schreiben wie so wie auch ich. Wenn ich groß bin, dann wird Ayden mich mit einem guten Mann verheiraten, hat er gesagt«, meldete sich Caitriona zu Wort.

»So, hat er das?«, fragte Iona lächelnd, um Davina die Anspannung zu nehmen und sie zu beruhigen, die sie gerade wieder an ihr bemerkte. »Und wie stellst du dir deinen zukünftigen Gemahl denn vor, mein kleiner Engel?«

»Na so wie Ayden! Gutherzig und lieb. Wie Hewen ging auch noch!«

Hewen hakte nun nach. »Warum dieses, ging auch noch?«

»Weil ich eine Highlanderin bin und keinen Sassenach zum Manne haben will. Ein Schotte muss es sein!«

Jetzt mussten alle lachen, während Hewen ein beleidigtes Gesicht zog und knurrte:»Ich fühle mich gerade etwas herabgewürdigt, von dieser keine Lady. Ich will heim!«

»Bist du mir jetzt böse?«, fragte Caitriona verdrossen.

Hewen lächelte sie an.»Gewiss nicht, mein Engel, ich habe gescherzt. Aber es wird Zeit, dass wir euch verlassen. Übermorgen werden wir aufbrechen.«

Einsamkeit muss ein Ende haben

Arailt saß in der abendlichen Dämmerung an der Feuerstelle vor seiner Fischerhütte. Der Geruch von einem gebraten Fisch mischte sich mit der Abendluft, doch hatte er keinen Appetit mehr, obwohl er vor kurzem noch Hunger empfunden hatte. Seine Stimmung war gedämpft. So alleine machte ihm das Essen keinen Spaß mehr, nachdem er vier Wochen auf dem Castel verbracht hatte. Siren und er hatten sich voneinander verabschiedet. Ihr Gesichtsausdruck war traurig gewesen. Sie hatten sich umarmt und er hatte sie auf die Stirn geküsst. Zwei Wochen waren seit dem Tag vergangen, seit er das Castle verlassen hatte. Mit jedem Tag wurde der körperliche Schmerz der Einsamkeit bei ihm tiefer. Dinge änderten sich, er war lange alleine gewesen nach dem Tod seiner ersten Frau und nun - mit Siren war ein neuer Funke der Hoffnung auf eine Familie in sein Leben getreten. Er wandte den Blick seiner Hütte zu. *Nein*, dachte er, er wollte um alles in der Welt nicht mehr alleine sein. Morgen schon würde er sich auf den Weg zum Castle aufmachen, um mit seinem Laird zu sprechen.

Siren nahm das Leibchen ihrer Lady und schüttelte es energisch aus, nachdem sie versucht hatte, es schon zweimal ordentlich zu falten, um es in die Wäschetruhe zu legen. *Konzentriere dich*, dachte sie verärgert bei sich, *Arbeit verscheucht törichte Gedanken.* Seid Arailt das Castle verlassen hatte, gelang ihr vieles nicht mehr, was sie sonst mit Leichtigkeit erledigt hatte. Endlich gelang es ihr, das Leibchen zu falten. Mit einem Seufzer legte sie es in die Truhe und schloss den Deckel. Danach machte sie sich daran, die Daunenkissen der herrschaftlichen Schlafstatt aufzuschütteln. Es war falsch, dass sie sich gewünscht hatte, Arailt würde sie lieben. Sie vergaß ihn am besten ganz schnell und hoffte besser darauf, dass überhaupt jemand sie noch als Gemahlin in Betracht ziehen würde.

»Laird verzeiht, doch ich muss dringend mit Euch sprechen.«

»Was gibt es Arailt?«

Arailt straffte seinen Rücken und holte Luft. »Ich habe das Alleine sein so richtig satt!«, stieß er geradeheraus hervor. »Ich will wieder eine Gemahlin.«

Ayden zog eine Augenbraue hoch. »Interessant«, murmelte Ayden, »und was habe ich damit zu tun?«

»Es handelt sich um Siren. Wir brauchen Eure Zustimmung, weil sie eure Bedienstete ist.«

Ayden lehnte sich in seinem geschnitzten Stuhl zurück. Seine Miene wurde gespielt ernst. »Glücklich wären wir darüber nicht, sollte sie zustimmen. Wir würden Siren hier sehr vermissen, denn sie ist uns eine sehr lieb gewonnene und zuverlässige Magd«, entgegnete er ernst, ehe er nach seinem Kelch mit Honigwein griff, diesen an die Lippen setzte und trank. Ayden, ließ den Fischer noch etwas schmoren, bevor er, nachdem er den Kelch wieder abgesetzt hatte, sagte: »Arailt, ich verstehe deine Niedergeschlagenheit jedoch nur zu gut. Es ist nicht einfach sich nach jemandem zu verzehren, wenn man sich verliebt hat. Daher stimme ich zu.« Er hob seinen Kelch erneut. »Ganz sicher wirst du sie auch dazu überreden können.«

»Also hatte ich mit meiner Vermutung recht!« Es war Davina, die, als sie die Halle betreten hatte, einen Teil des Gespräches mit verfolgen konnte.

Arailt neigte sein Haupt. »MyLady.« Er sah sie fragend an. »Wie geht es Euch?«

»Danke der Nachfrage, gut!«

»Bist du fertig, Siren?«, fragte Davina, die gerade in das Gemach trat.

»Ja! MyLady.«

Als Davina sie ansah, bemerkte Siren, ihre Augen blickten besorgt zu ihr herüber. Sie straffte die Schultern und zwang sich, zu lächeln.

»Du bist traurig, wegen Arailt? Würdest du seine Frau werden, wenn er dich fragen würde?«

»Es macht keinen Unterschied, ob ich es bin oder nicht MyLady, er wird mich nicht fragen. Er war schon einmal verheiratet. Ich glaube, er hängt noch sehr an seiner verstorbenen Gemahlin.«

»Ach ja?«, machte Davina und bemühte sich, dabei recht ernst zu erscheinen. »Ich hatte nicht den Eindruck, dass ihm deine Gegenwart zuwider war. Im Gegenteil, ihr verstandet euch recht gut, wenn ich euer Lachen und eure Unterhaltungen richtig gedeutet habe. Ich bin mir sicher, er vermisst auch dich.«

»Wie kommt ihr denn darauf?«

»Du willst also wissen, woher ich diese Gewissheit nehme? Vielleicht, weil er unten in der Halle bei deinem Laird ist und bei ihm vorgesprochen hat, ob er dir mit unserer Zustimmung einen Antrag machen kann?«

Siren warf Davina einen verwunderten Blick zu.

Nun hörte sie im Gang forsche Tritte von Männerschuhen. Langsam wandte sie ihren Blick zu Tür. Da stand ihr Laird und hinter ihm Arailt. Ayden sagte: »Hier ist ein Mann, der dich etwas Dringendes fragen möchte«, dann gab er Arailt den Weg frei.

Atemlos blickte sie ihn an, als er nun direkt vor ihr stand.

»Wir haben von unserem Laird und unserer Lady die Erlaubnis, dass wir den Bund der Ehe schließen können, wenn du dies möchtest, meine Liebste! Sie werden dich gehen lassen, wenn du mit mir in meiner Hütte leben möchtest. Nun, was sagst du? Möchtest du meine Gemahlin werden?«

»Gütiger Himmel! Was soll ich dazu sagen? Was willst du denn hören?«

Er warf die Hände in die Luft. »Nun, vielleicht ein Aye! Dann wären wir ab heute offiziell verlobt und könnten baldmöglichst die Ehe eingehen.«

Siren schlang ihre Arme um Arailts Hals, hauchte ein: »Aye!« und schmiegte sich an ihn.

Er küsste sie, ohne sich um die Blicke der Herrschaft zu scheren.

»Gratuliere«, vernahmen die beiden hinter sich.

Siren sah aus, als wolle sie vor Scham im Boden versinken.

»Ich bedaure außerordentlich, dass mein Verstand so angegriffen war, dass ich vergessen habe, wo ich bin. Wir sind Euch zu überaus großem Dank verpflichtet.«

»Ich schlage vor, ihr begebt euch jetzt nach unten. Siren, gehe in die Küche und sage Bedelia, dass ihr heute euer

Verlöbnis begeht. Sie soll für den Abend ein Festmahl bereiten.«

Arailt und Siren gingen an diesem Abend durch Handfasten ihre vorübergehende Eheverpflichtung ein. In den nächsten Wochen würde vom Priester das endgültige Ehegelübde durchgeführt.

Neue Ereignisse

Draußen hatte mit dem Wind, der vom Norden her über das Land wehte, der erste Schneefall des Jahres eingesetzt. Die weißen Flocken rieselten seit Stunden ohne Unterlass auf die Hügel der Highlands nieder.

Das knisternde Feuer des Kamins strahlte in der Halle eine wohlige Wärme aus. Ayden und Arran waren gerade von ihrem Ausritt zurückgekehrt und versuchten, ihre kalten Glieder aufzuwärmen. Ayden hatte sich in seinem gemütlichen Sessel zurückgelehnt. Er nahm einen tiefen Zug aus seiner langen Pfeife, bevor er sich Arran zuwandte: »Also, was hältst du davon, Grünschnabel?«

Arran stand seit ein paar Minuten vor dem prasselnden Feuer, wärmte sich die Hände und blickte bedröppelt zu Boden. »Wollt ihr mich loswerden?«, fragte er skeptisch.

Ayden nahm die Pfeife aus dem Mund und blies mehrere Rauchkreise aus, die zur Decke emporstiegen. »Das wollen wir nicht! Aber etwas Erfahrung auf einer englisch geführten Burg wird dir sicher auch nicht schaden. Es soll ja auch nur für ein Jahr sein. Immerhin sind die of Engwood unsere Verwandten und keine Fremden.«

»Da hast du natürlich Recht!«

Davina, die gerade die Halle betreten und die Unterhaltung mitbekommen hatte, blieb auf Höhe der Tafel stehen, stützte sich mit den Händen auf eine der schweren, hölzernen, aufgebockten Tischplatten ab und blickte Ayden unverwandt an. »Du willst meinen Bruder zu meiner Schwägerin, meinem Schwager und zu dessen Eltern schicken? Bist du dir da sicher?«

»Ja, das bin ich! Es ist üblich und festigt die Beziehung. Ich will ihm später ein Stück Land mit entsprechenden

Nutzungsrechten übergeben, da wäre es gut, wenn er mehr Erfahrung sammelt als nur hier unter unserer Erziehung und Anleitung.«

»Dann hör mir jetzt genau zu, mein Lieber. Es wäre durchaus angemessen, wenn du schon vor hast die Grundfeste meines Familienlebens zu erschüttern, so etwas zuvor mit mir zu besprechen.«

»Ehrlich gesagt wollte ich zuerst wissen, was Arran davon hält.«

Ihre Miene nahm schlagartig einen sonderbaren Blick an.

»So so, das wolltest du!«

»Sag mal Davina, warum bist du in den letzten Tagen immer so leicht gereizt?«

Ayden bereute seinen Vorstoß sofort, seine Gemahlin auf ihre Launen angesprochen zu haben, als er ihre Reaktion sah. Ihre Augen blitzten ihn ungehalten an, als sie mit langsamen Schritten auf ihn zu ging. Jetzt stand sie vor ihm.

»Vermutlich liegt es daran, dass du meinen Bruder von hier wegschicken willst, wo er bald Onkel wird.«

Die Stimmung in der Halle hatte sich mit einem Mal verändert. Ayden saß wie angewurzelt in seinem Sessel.

Davina stand ihm gegenüber und harrte sanft lächelnd auf eine Reaktion von ihm.

Ihre Worte hatten bei ihrem Bruder eingeschlagen wie Donnerhall. »Weißt du, was sie dir damit gerade gesagt hat, Ayden?«, fragte er schließlich.

Ayden nickte. Es dauerte nur noch eine kurze Sekunde, bis er aus dem Sessel hochschoss und Davina in seine Arme zog, um sie zu küssen.

»Das wurde aber auch Zeit, dass ihr endlich ein Kind bekommt, dann könnt ihr an dem rum erziehen, und nicht mehr nur an uns«, kommentierte Arran grinsend die

Nachricht. Er erntete dafür einen ungehaltenen Blick von seiner Schwester, der ihn verlegen die Augenlider niederschlagen ließ.

In diesem Augenblick erschienen die Bediensteten und Clanleute zum gemeinsamen Abendmahl in der Halle. Die Küchenmägde trugen große Holzbretter mit Lammfleisch, Schüsseln mit Gemüse und Körbe mit frischem Brot herein.

Mit einer geschmeidigen Bewegung erhob sich Ayden. »Das muss gefeiert werden«, sagte er und begab sich zur hohen Tafel. »Es ist schon eine Weile her, seit wir uns hier in der Halle zum Abendmahl einen Schluck Uisge Beatha gegönnt haben, doch heute hätte ich gegen den ein oder anderen Becher nichts einzuwenden, und zwar für alle.« Er nickte einer der Bediensteten zu, die wieder verschwand, um dem Befehl ihres Laird nachzukommen. Ein Lächeln stahl sich auf seine Lippen, als er in die Halle rief: »Ich werde im neuen Jahr Vater!« Er musste nicht in die Gesichter seiner Clanleute sehen, um zu wissen, dass sie sich darüber ebenso freuten, wie er.

Ein vor Freude tosendes Stimmengewirr von Glückwunschbekundigungen hallte durch die Halle.

Ein paar Augenblicke danach trat Caitriona, die sich verspätet hatte, an die Tafel, um ihren Platz einzunehmen. »Juhu, ich werde Tante!«, stieß sie hervor und lächelte glücklich.

»Das erspart dir trotzdem keinen Klaps auf den Hintern, wenn du nicht brav bist«, meinte Ayden.

»Weder Davina, noch du haben uns je geschlagen, das solltest gerade du am besten wissen, mein lieber Schwager«, gab sie ihm zu bedenken.

»Dann solltest du die Größe zeigen, dich zu entschuldigen, da du zu spät bei Tisch erschienen bist.«

»Bitte entschuldigt diesen Umstand. Ich habe beim Handarbeiten die Zeit vergessen.«

Geschenk der Liebe, zu Beltane

Es war der 1. Mai - das Fest der Liebe und der Fruchtbarkeit, an dem man das Kommen des Sommers feierte. Der Tag, an dem Iona ihren Hewen zum ersten Mal im Castle des Großonkels begegnet war. Der Tag, an dem sich ihre Liebe, wie eine aufgehende Knospe, entwickelt hatte.

Iona hatte gerade ihr Gemach verlassen, als die neue Magd dabei war, frisches Binsen, zum Auslegen der Zimmer, herauf zu bringen. Iona verspürte seit dem Morgengrauen immer wieder ein leichtes Ziehen im Unterleib, auch jetzt spürte sie, wie dieser Schmerz in ihrem Leib aufwallte. Sie stieß ein gequältes Stöhnen aus, als sie einen Schwall Flüssigkeit aus ihrem Körper strömen spürte - ihre Fruchtblase war geplatzt.

Irritiert sah die junge englische Magd in dem spärlich beleuchteten Gang, erst die Pfütze zu Ionas Füßen und dann ihre Herrin an. In diesem Augenblick stieß Iona innerlich einen leisen Seufzer aus, als sie Maidas erschrockenen Blick sah. Es würde noch einige Zeit und Lehren dauern, bis sich das junge Ding als nützliches Mitglied des Hausstandes erweisen würde. »Geh Maida, spute dich! Suche meinen Gemahl und meine Schwiegereltern, mein Kind kommt früher als gedacht, ich brauche die Hebamme.« Mit diesen Worten deutete sie in Richtung Treppe. »Ich begebe mich in mein Gemach.«

Die Magd ließ das Bündel Binsen fallen, machte einen Knicks und huschte den Gang entlang und die schmale Treppe hinunter.

Iona betrat ihr Gemach und begann sich mühsam bewegend auszuziehen. Einen Augenblick lang unterbrach sie ihre Tätigkeit, während ein gequälter Ausdruck auf ihr Gesicht trat. Die nächste Wehe war schmerzhaft herangerollt. Sie fröstelte, denn die dicken Mauern der Festung verströmten eine Kälte, gegen die selbst die Kamine in den Gemächern während der kälteren Jahreszeit nicht ankamen. Dann atmete sie tief durch. Sie beeilte sich, ins Bett und unter die wärmende Decke zu kommen.

Es klopfte.

»Ja!«, rief sie, worauf ihre Schwiegermutter mit der Hebamme und zwei weiteren Mägden zur Tür hereinkamen.

Lady Rowena of Engwood musterte Iona einen Augenblick lang, ehe sie sich der Hebamme zuwandte: »Was kann ich helfen?«

Die Hebamme begann den Mägden Anweisungen zu erteilen und sagte: »Ihr könnt Euere Schwiegertochter den Rücken stützen, wenn die Presswehen einsetzen, Lady Rowena.«

Am späten Nachmittag war es dann so weit. Die völlig erschöpfte Iona vermochte es im ersten Augenblick nicht zu glauben, dass sie die Wehen endlich hinter sich hatte.

»Ein wenig klein noch, aber ein wunderschöner, gesunder Junge ist es!«, sagte die Hebamme.

Ein paar Tränen verließen Ionas Augen. Es war ein Zeichen von Freude, sowie die Erleichterung über das Ende der Anstrengungen, die hinter ihr lagen und dass ihr Kind gesund war. Sie sah zu ihrer Schwiegermutter hin. Diese strahlte über das ganze Gesicht.»Ich bin Großmutter«, flüsterte dieser gerade bewegt.

Als Iona gesäubert und der neue kleine Erdenbürger versorgt waren, betrat Hewen den Raum.

»Mein Liebling, meine süße Iona ...«, er küsste sie zärtlich. »Auf was für einen Namen wollen wir unser Kerlchen taufen lassen?«, erkundigte er sich.

»Was hältst du von Lion, nach deinem verstorbenen Großvater und als Zweitnamen Wallace, nach meinem verstorbenen Urgroßonkel? Ich denke, die Namen würden auch unseren Eltern gefallen.«

Hewen stimmte zu.

Ich bin so glücklich, dachte Iona, während sie sich an Hewen schmiegte und in die Wiege neben ihrem Bett auf ihren Sohn hinab sah. »Ich hoffe, Davina wird es auch wieder, wenn ihr Kind erst einmal geboren ist. Kurz vor der Niederkunft würde ich gerne bei ihr sein, um sie zu unterstützen.«

Sie hatten drei Wochen zuvor die Nachricht erhalten, in der ihr Bruder ihnen geschrieben hatte: *Wir sind nun auch guter Hoffnung.* Auch hatte in der Nachricht gestanden, dass Arran nach der Geburt ihres Kindes für zwei Jahre zur Ausbildung zu ihnen kommen würde, wenn denn Hewens Angebot noch weiterhin bestünde. Iona und Hewen und auch Hewens Eltern freuten sich darüber.

»Kaum hast du unser Kind geboren bist du schon wieder voller Tatendrang. Gehe die Dinge langsam an, denn dein Körper braucht Ruhe und daher ruhst du dich erst einmal aus, Iona.«

»Aber zuerst werde ich unser Kind stillen. Neugeborene können in den ersten Tagen ihr Geburtsgewicht verlieren.« Sie setzte sich im Bett auf, hob das Kind aus der Wiege und legte den Kleinen an. Lion öffnete gierig den Mund und trank. Iona lächelte selig.

Schwere Tage bis zur Niederkunft

Es war mitten im Hochsommer. Die letzten Tage war es nach dem Regen schwül und die Midges* waren in der Abenddämmerung an manchen Tagen eine wahre Plage. Mit jedem Tag der Schwangerschaft wurde Davinas seelischer Zustand wieder schlimmer. Auch heute drohten die Ängste sie wieder zu überwältigen, so sehr sie sich auch bemühte, sie nicht erneut aufkommen zu lassen. Es kostete sie viel Kraft, eine Maske der Gelassenheit den Bediensteten gegenüber beizubehalten, darum zog sie sich nach getaner Arbeit in ihr Gemach zurück. Kaum hatte sie die Tür hinter sich geschlossen, spürte sie, dass Tränen in ihr aufstiegen.

Davina legte sich aufs Bett und döste dann auch etwas ein.

Die Reise mit dem 3 Monate alten Säugling war etwas beschwerlich gewesen. Iona war sich bewusst, dass ihre Schutztruppe und Maida froh waren, das Castle ihres Bruders endlich zu erreichen, denn sie hatten einige Halts mehr einlegen müssen, als sie es sonst auf dem Weg gemacht hätten. Sie selbst hatte es immer geliebt, hier zu sein, bis Davina und ihr das Unglück durch Murdo widerfahren war. Doch genau wegen der Folgen, die dessen Taten hinterlassen hatten, vor allem bei Davina, hatten sie sich so kurz nach ihrer Niederkunft auf den Weg gemacht, denn sie machte sich Sorgen um ihre Schwägerin. Sobald sie im Castle eintrafen, würde sie sich um Davina kümmern.

Davina wusste nicht, wie lange sie auf dem Bett gelegen hatte, als sie Aydens Stimme vernahm. »Davina!« Er rief nach ihr und es hörte sich dringend an. Die Tür flog auf. »Hier bist du also. Ich habe dich bereits überall gesucht!«

»Aus welchem Grund?«, fragte sie.

»Weil wir Besuch bekommen haben?«

»Kann man sich hier nicht einmal, als hoch Schwangere, etwas ausruhen?« Ihre Stimme klang etwas zu scharf.

Ayden setzte sich zu ihr auf die Bettkante und sah sie besorgt an.

»Was ist los mit dir? Ich habe schon mehrmals in den letzten Wochen versucht, mit dir darüber zu reden, doch entweder wechselst du das Thema oder du läufst davon, mit der Ausrede, du müsstest dringend Dinge klären.«

»Es ist alles in Ordnung, ich bin nur müde.«

»Verflucht noch einmal, rück endlich raus mit der Sprache, Frau!«

»Warum fährst du mich jetzt an? Du willst doch bestimmt nicht, dass ich wegen dir weine?«

»Natürlich will ich es nicht. Aber versteh doch bitte, ich mache mir Sorgen um dich. Also rede mit mir und sage mir was dich bedrückt.«

Er hatte natürlich recht, doch sie brachte den Mut nicht auf, zuzugeben, dass sie voller Sorgen und Ängste war. Sie wollte nur eines, zu gerne diese schrecklichen Gefühle verdrängen, die sie immer wieder überfielen.

»Es ist einfach die Hitze draußen und die Schwangerschaft, sie machen mich empfindlich.«

»Vielleicht sagst du ja meiner Schwester, was dich drückt. Sie sind unten in der Halle.«

»Iona ist da? Mit dem Kleinen?«

»Ja und mit Hewen, einer Bediensteten und einer Schutztruppe von zehn Mann.«

»Warum hast du das nicht gleich gesagt?« Davina holte tief Luft und rollte sich vom Bett. »Geh, ich mach mich schnell zurecht und komme gleich nach unten.«

Als sie die Halle betrat, waren ihre Dienstboten dabei ihre Gäste zu versorgen. Sie bedienten sie mit Speisen und Getränken.

»Wie schön, euch wieder bei uns zu haben«, rief Davina aus, während sie durch die Halle nach vorn zur Estrade schritt und lächelte ihre Schwägerin an. »Und wie sehr ich mich freue, unseren Neffen kennenzulernen.« Dann schlang sie die Arme um Iona, die ihr entgegengekommen war.

Iona erwiderte die Umarmung.

Auch Hewen begrüßte sie und sah dann in den Korb, in dem das Baby lag. »Oh´ ist der Kleine bezaubernd«, flüsterte Davina leise und wieder standen ihr Tränen in den Augen.

Ayden warf seiner Schwester einen hilfesuchenden Blick zu und seufzte.

»Was schnaufst du wie ein Ochse, Bruder, solche Gefühlsausbrüche in der Schwangerschaft, sind ganz normal. Frag mal Hewen, wie ich im letzten Monat vor meiner Niederkunft war.«

Hewen lachte: »Ich besaß zum Ende fast keine trockene Kleidung mehr.«

Iona warf ihm einen bösen Blick zu. Sie holte seufzend Luft: »Warum müsst ihr Männer eigentlich immer übertreiben?«

Das brachte ihm von Davina einen Lacher ein.

Tag der Freude

Die nächsten Tage waren die entspanntesten in Davinas Schwangerschaft, auch wenn sie das Gefühl hatte, sie würde platzen, weil ihr Bauch immer mehr an Umfang zunahm. Ihr half Ionas Anwesenheit und der Umgang mit Lion Wallace sehr, denn so konnte sie noch vieles über die Säuglingspflege lernen.

Iona untersuchte sie regelmäßig: »Hast du schon irgendetwas bemerkt, wie ein Ziehen?«

Davina nickte und bestätigte, dass es in letzter Zeit schon ab und zu mal in ihrem Unterleib gezogen hat.

»Das Kleine rutscht jetzt in die Austrittsposition. Es wird nicht mehr sehr lange dauern.«

Maida kümmerte sich derweilen um Lion und hatte dabei Unterstützung von Caitriona, während Ayden und Hewen viel zu bereden hatten und oft Zeit mit Arran verbrachten.

Hewen lächelte. »Mach dir keine Sorgen Arran, du wirst hauptsächlich meinem Vater und mir unterstehen, wenn du erst bei uns bist. Lesen und schreiben kannst du ja schon sehr gut. Dein Englisch, das ist noch verbesserungsbedürftig, aber das erlernst du auch schnell beim Umgang mit unseren Männern. Du lernst das Einmaleins der Jagd kennen; die Pirsch, die Hetz- und Treibjagd, den Umgang mit Falken. Im Umgang mit Hunden und Pferd kennst du dich bereits sehr gut aus. Und ich verspreche dir, du musst auch auf keiner Türschwelle übernachten, um uns, wie es Knappen oft vorbehalten ist, zu beschützen. Du gehörst zur Familie und bekommst einen eigenen kleinen Raum für dich.«

Eine Woche nachdem Iona und Hewen angekommen waren, war es auch so weit, die Wehen hatten bei Davina am Morgen eingesetzt.

»Gut machst du das! Mit der nächsten Austrittswehe noch einmal kräftig drücken; und noch einmal. Ja, sehr gut, Davina. Ich sehe das Köpfchen des Kleinen schon, presst noch einmal!« Mit Fingerspitzengefühl, aber dennoch kraftvoll, zog Iona erst den Kopf, danach mit leichtem Dreh, erst die linke, dann die rechte Schulter des Neugeborenen und mit einem letzten Ruck das Kind aus dem Geburtskanal heraus. Der Säugling hatte blonde Haare, wie seine Mutter und fing sofort an zu greinen, als Iona ihrem Neffen einen Klaps auf den Po versetzte. »Ihr habt einen wunderschönen und gesunden Jungen«, beglückwünschte Iona ihre Schwägerin, die gänzlich erschöpft in den Kissen lag und sich allmählich entspannte.

Davina lächelte zufrieden und streckte verlangend die Hände nach ihrem Kind aus.

»Gleich, meine Liebe, ich wasche ihn erst noch. Ihr Mägde, säubert meine Schwägerin und legt ihr das frische Nachtgewand an, das da auf der Truhe liegt.

In der Halle war die Geburt des Kindes registriert worden, als dessen erster Schrei zu hören war.

Ayden war nicht mehr zu halten und stürmte die Treppe hinauf.

»Ihr habt einen gesunden Erben, Laird!«, erklärte die ältere der Mägde, die ihm auf der engen Treppe entgegenkam. Sie lächelte und zwängte sich mit der abgedeckten Schüssel, die die Nachgeburt enthielt, nach dieser Bekanntmachung an ihrem Herrn vorbei.

Oben angekommen, verschaffte sich Ayden, ohne anzuklopfen, Zutritt ins Schlafgemach und erntete dafür einen ungehaltenen Blick seiner Schwester, die das Kind im Vorraum gerade in lauwarmen Wasser badete, und den Mägden Befehle gab, die Iona bei der Geburt zur Hand gegangen waren. »Tür zu«, stieß Iona ungehalten aus.

Ayden schloss sie - jedoch von innen und nicht, wie Iona angenommen hatte, er würde unter ihren Worten das Geburtszimmer wieder verlassen. »Ihr verbannt mich jetzt nicht noch einmal aus meinem Schlafgemach, wo unser Kind geboren ist, und sagt, ich würde nur im Weg stehen. Ich bin schon auf der Treppe davon in Kenntnis gesetzt worden, es ist ein gesunder Stammhalter!«, verkündete Ayden, »doch was ist mit Davina, ist auch alles mit ihr in Ordnung?«

»Davina ist von der Geburt erschöpft, doch ihr geht es gut!«

Davina lachte leise und war einfach nur glücklich, weil Ayden sich so sehr um sie sorgte.

»Hier, Laird, begrüße deinen Sohn«, sagte Iona und legte ihrem Bruder das mittlerweile abgetrocknete, eingeölte und in eine Decke gewickelte Kind in den Arm.

Ayden sah seinen Sohn an. Mit der freien Hand griff er in seine Tasche und holte ein Silberstück heraus und legte es seinem Sohn in die Hand. Der Kleine schloss seine Hand fest um die Münze*.

»Bringe ihn zu seiner Mutter. Davina soll ihn anlegen, damit der Milchfluss angeregt wird«, erklärte Iona.

»Wie Ihr befehlt MyLady«, erwiderte Ayden mit einem schelmischen Grinsen. »Ist deine Tante nicht reizend, mein

Sohn?« Er trat an ihr vorbei und setzte sich ans Bett. Küsste Davina. Ich danke dir mein Augenstern. Über seine Züge breitete sich der Ausdruck eines tiefen Glückes. Er übergab ihr den Sohn, mit den Worten: »Ich liebe euch so sehr. Ist dir der Name, denn wir ausgesucht haben immer noch recht, Davina?«,

Sie nickte und streichelte ihrem Kind sanft über den Kopf. »Ich denke, Padraig passt sehr gut zu ihm.«

»Wir müssen unseren Sohn bald taufen lassen. Ich werde meine Familie informieren und den Priester.«

Davina verzog das Gesicht, als das Wort Priester fiel.

Iona schaltete sich ein: »Ich will euch in eurem Familienglück nicht stören, aber Davina muss sich nach den Strapazen der Entbindung und dem Stillen jetzt erst einmal ausruhen. Bruderherz, du solltest wieder hinunter in die Halle gehen, dir einen Schluck Wein gönnen und mit euren Leuten und meinem Gemahl auf das freudige Ereignis anstoßen. Ich bringe dir den Kleinen dann nach unten, damit du, glücklicher Vater, ihn kurz deinen Clanleuten, so wie es Sitte ist, zeigen kannst.«

Ayden seufzte: »Na dann gehe ich mal und du, ruhe dich aus. Ich komme später zu dir.« Er sah Iona scharf an. »Sei dir gewiss Davina, ich schlafe heute neben dir und in meinem Bett und davon hält mich nicht einmal meine Schwester ab.«

Iona streckte ihm daraufhin die Zunge heraus.

Eine Zeit verging, dann brachte Iona den Jungen, wohl verpackt in einer wollenen Decke, aus dem nur das Köpfchen mit den goldenen Löckchen hervorlugte, in die Halle.

Als Ayden den Kleinen stolz auf seinen Armen mit aller Behutsamkeit wiegte, rief er aus: »Begrüßt Padraig MacDeven, den Erben von Crimor.«

Hewen erhob seinen Becher und rief: »Auf das Wohl des neuen Erdenbürgers.«

Die Taufe

Die Taufe, der Gäste wegen, fand sechs Wochen nach der Geburt des Kindes statt. Eltern, beide Großväter und Großmütter von Ayden, Tanten, Onkel, Cousins und Cousinen, weitere Anverwandte und einige Freunde waren angereist.

Davina stand eine geraume Zeit am geöffneten Fenster der Schlafkammer ihres Sohnes und schaute hinaus in den Burghof. Sie presste die Hand auf ihr klopfendes Herz. Eine solche Feierlichkeit und die Schwermut einer Mutter, passten nicht zusammen. Dennoch empfand sie gerade eine solche. Ihr fielen die Worte ein, die sie gelesen hatte: *Richte nicht mit Gewalt und Zorn,* das waren die christlichen Tugenden. *Der gläubige Mensch soll nicht verdammen,* doch es war schwer nach der zweimaligen Begegnung mit Murdo, nachdem was er versucht und Iona und ihr angetan hatte, überhaupt noch einem Gottesmann zu trauen.

Nach etlichen trüben und wolkigen Zustandstagen ihres Gemüts und das Hinwegtilgen des furchtbaren Erlebnisses aus ihrer Seele, war mit der Geburt ihres Sohnes das glänzende Licht des Wohlgefühls wieder gänzlich in ihr Leben zurückgekehrt. Sie musste gehen, man erwartete sie und den kleinen Täufling. So wandte sie sich vom Fenster ab, ging zur Wiege und holte Padraig heraus und öffnete die Tür.

Ayden, der geduldig vor der Tür auf sie gewartet hatte, gab ihr Halt. Das Herz schlug ihr dennoch hart und wild an die Rippen.

Kurz vor der Kapellentür wäre sie fast umgekehrt. Sie holte tief Atem und sie betraten die Kapelle und setzten sich auf die erste der Bänke, die mit Blumen geschmückt waren.

Sie alle waren da, alle die sie in den letzten Jahren Kennen- und Lieben gelernt hatte. Der Pater begann seine Taufrede, dann gab er ihnen ein Zeichen, zu ihm zu kommen.

Ayden erhob sich und sie folgte ihm.

Die Stimme des Geistlichen am Taufbecken klang liebenswürdig. Dennoch musste sie sich mühen den Worten zu folgen, ohne vor Angst aus der Kapelle zu laufen, denn ihr Herz und ihr Kopf waren erfüllt mit Bildern und Vorstellungen, die die feierliche Andacht durch dunkle Schatten störten.

Auch einige Teilnehmer des Gottesdienstes aus der Familie, so wie Ayden, konnten dies mit Betrübnis wahrnehmen.

Ihre Schwiegermutter stand von ihrem Platz auf, ging zum Podest und legte ihr in beschützender Geste den Arm um die Schulter, während Davina ihr Kind dem Priester entgegenhielt, damit er den Akt der Taufe an dem Jungen vollziehen konnte.

»Ich taufe dich auf den Namen Padraig. Der Herr möge dich segnen und beschützen.«

Davina entspannte sich langsam, sie begriff in diesem Augenblick, was sie Aydens Familie bedeutete, durch die Geste ihrer Schwiegermutter wurde es besonders deutlich. Leise sagte sie: »Danke!«

Der Gottesdienst ging zu Ende.

»Ich danke auch Euch, Pater!«

Die Herrichtung der Speisen für das Fest im unmittelbaren Anschluss hatte Davina selbst überwacht. Als sie mit den Gästen die Halle betraten, war alles bereit.

Siren, die mittlerweile mit Arailt verheiratet war, half bei der Bewirtung der Gäste mit. Arailt hatte geräucherten Aal für die Festtafel geliefert.

Davina war zufrieden, nun konnte sie sich als Gastgeberin unbekümmert auf Gespräche mit den Gästen einlassen.

Lächelnd ließ sich Ayden auf dem Platz neben ihr nieder. »Sie scheinen alle sehr zufrieden.«

»Das hast du großartig gemacht. Noch eine Nacht, dann verlassen sie uns und wir haben wieder mehr Zeit für uns«, flüsterte er ihr zu.

»Aye, doch Arran wird uns ebenfalls verlassen und das schmerzt mich schon.«

Es war ein schönes Tauffest.

Die Teilnehmer, rüsteten sich am anderen Morgen bereits zur Abreise. Als Iona und Hewen mit dessen Eltern sie verließen, nahmen sie Arran mit.

Davina stand mit ihrer Schwester noch lang auf den Zinnen des Wohnturms und blickte dem Tross nach.

Caitriona Augen füllte sich mit Wehmuth. »Ich vermisse Arran jetzt schon«, seufzte sie.

»Umso wichtiger ist es, sich immer wieder bewusst zu machen, wofür wir dankbar sein sollten und können. Arran bekommt das Privileg der Erziehung seines Lairdsohnes und wird nach Kräften von allen Seiten unterstützt. Wenn er zu uns zurückkehrt, wird er ein allseitig gebildeter junger Mann sein. Ayden will in dann zum Unterstützungsmann ernennen und ihm zur Verwaltung ein eigenes Stück Land geben.«

Ende

Historische Personen

König Edward auch Edward II of Carnarvon (englisch) Eduard II. * 25. April 1284 in Caernarvon, Wales; † 21. September 1327 in Berkeley Castle – König von England, Lord von Irland und Herzog von Aquitanien. Er trug als erster Thronfolger den Titel eines Prince of Wales,

Robert I, Robert Bruce, auch Robert the Bruce (* 11. Juli 1274; † 7. Juni 1329 in Cardross, Dunbartonshire) - von 1306 bis zu seinem Tod König von Schottland.

Edward Bruce, Earl of Carrick * um 1280; † 14. Oktober 1318 bei Faughart bei Dundalk) – schottischer Adliger. Einziger überlebender jüngerer Bruder und fähiger Militär seinenes Bruder Robert, als dieser während des schottischen Unabhängigkeitskriegs um die schottische Krone kämpfte. Hochkönig von Irland ernannt, aber später in der Schlacht getötet.

Thomas Randolph, Earl of Moray († 20. Juli 1332 in Musselburgh) - schottischer Adliger und Lieblings Neffe von Bruce. Er führte am 24. Juni einen der beiden großen schottischen Schiltrons an und diente von 1329 bis zu seinem Tod als Guardian of Scotland.

Aymer de Valence, Earl of Pembroke (* zwischen 1273 und 1275; † 23. Juni 1324 bei Saint-Riquier, Picardie) – Englischer Magnat mit Besitzungen in England, Wales, Irland und umfangreiche Besitzungen in Frankreich. Fähiger Militär und Diplomat, enger Verwandter und Gefolgsmann der englischen Könige Edward I. und Edward II.

Walter Reynolds (auch Heyne oder Heyerne) († 16. November 1327 in Mortlake) – Unterstützer König Edward II..

1306 wurde er Propst von Beverley Minster. Von 1307 bis 1310 diente er als königlicher Schatzmeister (Treasurer). Ab 1308 war er Bischof von Worcester.

John of Brittany, Earl of Richmond (* 1266; † 17. Januar 1334) – Bretonisch-englischer Magnat aus dem Haus Dreux. Er verbrachte sein Leben als Militär und Diplomat im Dienst der englischen Krone.

Begriffserklärung

Kapitel: Prolog

Schlag – Schlaganfall

Kapitel: Begegnung mit dem Laird

Daunen – die erste Überlieferung für Daunen "Unterfeder" als Füllung von Bettware stammt aus dem Zeitraum 204 bis 222 nach Christus. Die Daune ist eine Feder mit kurzem Kiel und sehr weichen, langen, strahlenförmig angeordneten Federästen ohne Häkchen. Beim Vogel bilden sich im Daunenkleid Luftpolster, die vor Kälte oder Hitze schützen.

Kapitel: Entscheidung

Bei der Mühle in diesem Kapitel handelt es sich um eine Horizontalmühle „Norse Mill" (Norseman = Normanne), dieser Mühlentyp soll von Skandinavien aus nach Schottland gelangt sein. Ähnliche Mühlen wurden auf das 6. Jahrhundert datiert in Irland gefunden, also lange vor der Normannenzeit, daher ist deren Ursprung nicht wirklich geklärt. Die Mühlen waren sehr weit verbreitet und Bestandteil des Alltagslebens der Bewohner, die sich autark versorgen mussten. Diese Mühlen waren einfach zu bauen. Der Müller bekam als Bezahlung einen gewissen Prozentsatz des angelieferten Getreides.
Bei dieser Art Mühle ist ein großer Teil in einer Kammer unter dem Boden verborgen. Das Wasser aus einem nahen gelegenen Bach wurde in einem Teich vor der Mühle angestaut. Das Wasser floss von da kanalisiert auf das Mühlrad, der obere Stein des Mühlsteinpaares drehte sich im Uhrzeigersinn. Der Stein konnte in der Höhe verändert werden, um so, den Feinheitsgrad des

Mahlgutes bestimmen zu können. Das Mehl sammelte sich um den unteren Mühlstein in einem Mahlkasten aus gehauenen Stein.

Etwas abgelegen der Mühle befand sich ein weiteres Gebäude - die Darre, es diente dazu, das Getreide vor dem Mahlen zu trocknen. Die eine Hälfte der Innenfläche bestand aus einer erhöhten Steinplattform, in der sich eine runde steinverkleidete Grube befand.

Zum Trocknen des Mahlgutes wurde ein Feuer vor der Öffnung des steinernen Darr-Schachtes entzündet. Durch diesen Schacht strömte die Hitze in den Zentralbereich der von Holz und Stroh bedeckten Darr-Grube, auf der das Getreide lag. Der warme Rauch trocknete das Getreide in ca. zwei Tagen. Es bestand Brandgefahr, daher war im Schacht ein Steinkreuz eingelassen, um den Funkenflug Richtung Stroh zu unterbinden. In Schottland sind historische Rekonstruktionen von solchen Mühlen zu finden. Eine davon ist die Mühle von Shawbost.

Kapitel: Besuch bei den Großeltern

*Deerhound – eine Hunderasse (bedeutet übersetzt Hirsch-Hund). Das Aussehen ähnelt einem Greyhound, ist jedoch größer und besitzt einen stärkeren Knochenbau. Der Deerhound zählt mit zu den ältesten schottischen Hunderassen und geht genau wie der irische Wolfshund auf die keltischen Windhunde zurück. Im Mittelalter war er ein beliebter Begleiter des schottischen Adels und eine Art Statussymbol und wurde für die Hetzjagd auf Hirsche benutzt. Im 18. Jahrhundert starben sie dann beinahe aus. Im Jahr 1886 wurde der erste britische Deerhoundclub gegründet und 1955 wurde die Rasse endgültig vom FCI anerkannt.

Kapitel: Unverständnis

* **ùrnaigh agus obair** (Schottisch / Gälisch) auch Ora et labora (Latein) = Gebet und Arbeit

Kapitel: Missmutige Highlander

*Buthehille - Der Landkreis oder auch die Gemeinden Bonhill wurde erstmals im Jahre 1270 unter den Namen Buthehille in Aufzeichnungen erwähnt.

Kapitel: Lady Davina

*Schlacht bei Dalry am 13. Juli 1306.
Weder über das genaue Datum, noch über den Verlauf oder den genauen Ort, der in dem Kapitel beschriebenen Schlacht, gibt es gesicherte Angaben.

Kapitel: Rettung

*Culdeer – die Glaubensgemeinschaft entstand schriftlichen Nachweisen nach, um das achte Jahrhunderts in Irland und verbreiteten sich von dort aus über Monasterien nach Schottland und vereinzelt nach England. Nachdem im Jahr 717 in Schottland die Mönche von Iona, vom Pictenkönig Nechtan vertrieben worden waren, wurden diese zum Ende des achten Jahrhunderts von Culdeer Mönchen ersetzt. Die Hauptklöster in Schottlands waren bei St. Andrews, Scone, Dunkeld, Loch Leven, Monymusk in Aberdeenshire, Abernethy und Brechin.
Die Culdeer von Loch Leven lebten auf der Insel St. Serf's Inch, die ihnen vom pictischen Prinzen Brude um 850 gegeben wurde. Im Jahr 1093 übergaben sie ihre Insel, als Gegenleistung für Es-

sen und Kleidung, dem Bischof von St. Andrews. Um das Jahr 1100 gab es zu St. Andrews dreizehn von Culdeer gehaltene Einrichtungen mit erblicher Amtszeit. 1144 übergab St. Serf's Inch Bischof Robert, all deren Roben, Bücher und anderes Eigentum zusammen mit Insel St. Serf's Inch an die neu gegründeten kanonischen Regularien, in dem die Culdeer *wahrscheinlich* letztendlich aufgingen. Letztendlich folgten die anderen, von den Culdeer gehaltene Einrichtungen.

*All Hallows Eve - dem keltischen Glauben nach sind in der Nacht auf den 1. November die Tore zur Anderswelt geöffnet und die Geister der Verstorbenen können dadurch auf der Erde wandeln. Aus diesem Grund war es üblich, an Samhain eine Kerze ins Fenster zu stellen, damit die Seelen der Verstorbenen den Weg zu ihren Verwandten finden und ihnen Glück bringen konnten. Die Kelten feierten mit Samhain den Beginn des neuen Jahres. Das Vieh wurde am letzten Tag des Jahres von den Sommerweiden geholt, ein Teil der Tiere geschlachtet, um das Überleben der Menschen im Winter zu sichern und das Überwintern der dadurch kleineren Viehbestände zu erleichtern. Zu der Zeit wurden auch Landpachtverträge erneuert.
Die Druiden (keltische Priester) versuchten böse Geister mit riesigen Feuern zu vertreiben. Durch kleine Opfergaben, die vor dem Haus platziert wurden, sollten Geister beschwichtigt werden. Häufig verkleidete man sich mit Tierfellen, um die Geister zu täuschen und zu erschrecken. In jener Nacht war es auch möglich, das Jenseits um Rat in Bezug auf Heirat, Glück, Gesundheit oder Tod zu bitten. Die Bräuche hielten sich auch in Zeiten der römischen Unterwerfung und wurden mit den Riten um die Göttin Pomona bereichert, die ihr Erntefest am 1. November feierte. Bis ins frühe Mittelalter fanden die Feste statt.
Papst Gregor IV. 835 beschloss, die heidnischen Feste zu übernehmen und "Allerheiligen" zu Ehren der Jungfrau Maria, an jenem Tage zu feiern. Diese Übernehmen erleichterte die Christi-

anisierung der "Heiden". So lässt sich auch der heutige Name Halloween davon ableiten - im englischen "All Hallows", der Vorabend ist "All Hallows Eve(ening)". Halloween wurde vornehmlich in den katholischen Gegenden der Britischen Inseln - vor allem in Irland gefeiert. Als im 18. und 19. Jahrhundert Auswandererströme aus Irland und Schottland nach Amerika auswanderten, nahmen sie ihr Halloween mit in die Neue Welt.

Kapitel: Geschenk der Liebe, zu Beltane

*Beltane - in der Nacht vom 30. April auf den 1. Mai, wurde als Übergang zu einem anderen Lebensrhythmus Beltane gefeiert. Es war das zweite große Fest des keltischen Jahres (neben Samhain in der Nacht auf den 1. November). Das Fest markierte den Beginn des hellen Sommerhalbjahres. Die Nacht zum - und der 1. Mai selbst, steht im Zeichen der Liebe, der Fruchtbarkeit und des Wachstums.

Kapitel: Schwere Tage bis zur Niederkunft

*Midges - Schottlands Mücken sind Beißfliegen. Gefährlich für Menschen und Säugetiere sind jedoch nur die Weibchen. Sie benötigen für die spätere Ei-Ablagen Protein, das sie im Blut finden. Diese Mücken treten bei bestimmter Witterung in bestimmten Gebieten auf. In Gegenden mit Torf, bietet sich den Mücken das ideale Brutgebiet, denn die Midges legen ihre Eier gerne an Rändern von Sümpfen und Tümpeln ab. Dort können die Larven schlüpfen und sich entwickeln.

Sie lieben hohe Temperaturen mit hoher Luftfeuchtigkeit. Helligkeit mögen die Plagegeister nicht, darum tauchen sie bevorzugt in der Abenddämmerung auf. Die Midges in den Highlands beginnen normalerweise ab April zu schwärmen und finden ihr Ende im Oktober. Dabei gibt es außerdem zwei Spitzenzeiten, zu denen sie besonders häufig auftreten: Ende Mai bis Anfang Juni und Ende Juli bis Anfang August.

Kapitel: Tag der Freude

*Münze – Brauch bei den Schotten, bei dem einem neugeborenen Baby Silber, häufig in Form einer Münze in die Hand gelegt wird, ist als handelseinig bekannt, es soll Glück und Reichtum im späteren Leben bringen. Auch lässt sich angeblich dadurch leicht feststellen, welches Verhältnis ein Kind mal zu Geld haben wird. Lässt es die Münze fallen, wird es verschwenderisch mit Geld umgehen, hält es sie aber fest, wird es sparsam mit den finanziellen Mitteln haushalten.

Protagonisten und Orte

†Wallace MacMorven - verstobener Urgroßonkel von Ayden

Clan MacRaily:
Màiri Ane (MacMorven) MacRaily - Großmutter von Ayden
Logan MacRaily of Glenmor - Großvater von Ayden
Arkala - Magd von Lady Màiri

Clan MacDeven:
Duran MacDeven - Vater von Ayden
Grace MacDeven - Mutter von Ayden
Ayden MacDeven - Neuer Laird of Crimor
Iona MacDeven - Schwester von Duran
Irving MacDeven - jüngerer Bruder von Duran
Davina - Frau von Ayden MacDeven
Arran - Bruder von Davina
Caitriona - jüngere Schwester von Davina und Arran
Padraig MacDeven - Sohn von Ayden und Davina

Tamry - Hund

Engwood:
Lord Hewen of Engwood - Mann von Iona
Earl Adalar of Engwood - Vater von Hewen
Lady Rowena of Engwood - Mutter von Hewen

Weitere Protagonisten:

Murdo - Priester (später Probst)
Bruder Kendrew
Bruder Harrit
Edin - Diakon

Arailt - Fischer

Siren - Magd
Geordan - Torwächter
Keith - Schmied, Freund von Ayden
Lennox - Zimmermann, Freund von Ayden
Cailan - einer von Aydens Männern
Bedelia - Köchin
Tevin - Stallmeister

Orte:
Edenford Castle
Crimor Castle
Dearig Castle
Glen Castle

Quellennachweise:
Wikipedia – Die freie Enzyklopädie
dewiki.de/Lexikon

Über Gabi Haug

Gabi Haug, Jahrgang 1961, lebt mit ihrem Mann in Frankfurt am Main.

Besuchen Sie Gabi Haug / H.G. Lumiell / im Internet! Entdecken Sie alle Bücher der Autorin, ihre Autorenfanseiten, Hobbys und vieles mehr auf ihrer Homepage:

https://www.nefhithiels-fantasiewelt.de/

Oder in den sozialen Netzwerken:

https://www.facebook.com/Gabis.Romane/
https://www.instagram.com/gabi.haug/